HISTOIRES

A

FAIRE PEUR

PAR

Le Commandeur LÉO LESPÈS.

II

PARIS,
AU COMPTOIR DES IMPRIMEURS-UNIS,
QUAI MALAQUAIS, 15.

1846

HISTOIRES

A

FAIRE PEUR.

Paris — Imprimerie de BOULÉ rue Coq-Héron, 3.

HISTOIRES

A

FAIRE PEUR

Par le Commandeur LÉO LESPÈS.

II

PARIS,

AU COMPTOIR DES IMPRIMEURS-UNIS,

QUAI MALAQUAIS, 15.

1846

LES OUBLIETTES DU CHATEAU DE BLOIS.

CHAPITRE PREMIER.

Une Chambre de soldats.

Par une belle matinée de printemps, quarante militaires d'un régiment de ligne, dont le numéro ne fait rien à l'affaire, étaient étendus dans un doux *far niente* sur leurs lits de fer respectifs ; en termes soldatesques, *ils battaient la couverte.*

Parmi ces braves dont la gaîté était sans cesse prête d'éclater en transports de fou rire, on distinguait Hugues de Bernard, simple soldat à la face pâle et délicate, aux traits aristocratiques. Hugues, enfant sans parens, n'avait jamais connu son père ni sa mère. Une main invisible avait pourvu, jusqu'à ce qu'il eût dix-huit ans, aux frais de son éducation. A cette époque, Hugues s'engagea ; les sentimens d'enthousiasme que lui avait inspirés la révolution de 1830 le poussèrent à prendre le mousquet, à chercher dans les rangs de l'armée une noble et imposante position.

Au moment où commence cette histoire, Hugues était depuis trois mois au corps, il paraissait plongé dans une profonde tristesse.

Déjà il commençait à trouver lourd le fardeau si nécessaire de la discipline, l'obligation à l'obéissance passive.

Hugues était penché sur son traversin, songeant à ses jeunes années trop tôt évanouies, à cette liberté qu'il avait aliénée, à ces bons amis qui l'avaient soigné et qu'il avait quittés pour jamais.

Tout à coup un caporal entra.

— Hugues, s'écria-t-il, vous serez consigné pendant deux jours à la porte du quartier ; vous ne sortirez pas durant tout le temps de votre punition.

— Qu'ai-je donc fait? demanda Hugues.

— Ce que vous avez fait ? fit le caporal ; demandez à Bouton, votre camarade de lit.

Bouton était un jeune soldat de Marseille ; Bouton, joyeux fils du Midi, était d'un caractère opposé à celui de Hugues : c'était un gai farceur qui faisait les délices de la chambrée.

— Vieux, dit Bouton à Hugues, le réglement militaire a prévu que les brosses à souliers ne devaient pas supporter une fâcheuse concurrence, et que l'on ne devait pas se servir de la couverture pour décrotter ses guêtres.

Hugues, à ces mots, s'aperçut qu'il avait mis ses souliers sur sa couche, ce qui, en effet, était interdit à tout soldat.

En ce moment, un cri général se fit entendre, le tambour battit un roulement qui retentit dans tous les cœurs, chacun s'empara de ses armes; l'objet de cet honneur fit son entrée, tous les soldats se précipitèrent dessus.

C'était la soupe !

Il faut avoir été militaire pour comprendre le mécanisme de cette commandite d'estomacs et d'appétits que l'on nomme la *gamelle*. Figurez-vous une énorme terrine en terre, dans laquelle, au milieu des flots de bouillon gras et des pyramides de haricots, on distingue six morceaux de viande destinés aux convives. Il faut avoir eu faim pour connaître le moyen de choisir de suite et adroitement la meilleure part, avant que les autres affamés ne s'en soient emparés.

Bientôt on n'entendit que le bruit des cuillères retentissant dans les plats.

— Hugues, dit Bouton, t'es triste, vieux, parce qu'on t'a forcé à mettre la guêtre blanche (1).

— Moi, répondit Hugues, non, ça ne me fait rien.

— Au fait, reprit Bouton, le caporal Cocasse, qui t'a puni, en sera pour sa bile ; tu montes la garde aujourd'hui, c'est toujours

(1) Les consignés portent, comme signe distinctif, une guêtre blanche et une guêtre noire.

vingt-quatre heures de consigne qui te compteront.

— C'est vrai.

— Où es-tu de garde ?

— A la police (2).

— Diable ! vilaine garde, vieux, reprit Bouton ; on va te coller de faction de minuit à deux heures aux oubliettes ?

— Qu'est-ce que cela, les oubliettes ?

— Des gouffres, quoi, où on dit qu'il revient des individus morts !... Je te conseille de boire une goutte avant de tirer tes deux heures de faction... Ah ça ! où est-il donc, ce caporal Cocasse, qui a puni mon ami ?

(1) On appelle ainsi le service intérieur de chaque caserne.

Cocasse avança ses deux bras, sur lesquels brillaient les galons de laine, et demanda ce que voulait l'interrupteur.

— Ce qu'il y a ? dit Bouton, tu es caporal d'ordinaire, n'est-ce pas ? tu es chargé de nous faire manger de la soupe à la viande, n'est-ce pas ?

— Sans doute, répliqua Cocasse.

— Eh bien ! je me permettrai de t'adresser une question. Est-ce que nous te donnons six sous et deux centimes pour manger des semelles de souliers ? Tiens, regarde ce que je viens de prendre en guise de viande dans la gamelle : un morceau de cuir, une vraie empeigne.

Un éclat de rire général accueillit cette burlesque saillie.

— On ne sera jamais bien nourri lorsqu'on aura un caporal d'ordinaire qui porte des chaussettes.

— Fusilier Bouton, dit Cocasse avec le ton le plus imposant qu'il lui fut possible de prendre, je ne vois pas en quoi mes chaussettes portent tort à la soupe commune.

— En ce que tu les achètes en écumant la marmite.

— Bouton, s'écria le caporal, je vais vous bloquer.

— Et que ce n'est pas avec tes quatre sous

par jour que tu peux te chausser comme la femme d'un major.

— Bouton, je te consigne pour la journée.

— Et qu'enfin le pot-au-feu militaire est *incohérent* avec la filoselle.

Au moment où le caporal Cocasse allait répliquer par une punition plus forte à son caustique accusateur, on entendit le cri :

— Fixe !...

Une figure sombre et brune parut au seuil : c'était l'adjudant-major de Gardeville.

CHAPITRE II.

Ce que c'est qu'un Adjudant-major.

Il n'est pas inutile de dire ici ce que c'est qu'un adjudant-major. C'est le poste le plus difficile, le plus épineux, le plus fatigant que l'on puisse occuper dans l'armée ; c'est celui qui demande le plus de zèle, d'instruction, de surveillance, de veilles et de travaux. L'adjudant-major, chargé de l'instruction et de la surveillance d'un bataillon et souvent d'une caserne entière, est le préfet de police du régiment.

Le capitaine adjudant-major de Gardeville était escorté par son adjudant sous-officier Lefaure, homme à la face malicieuse, au sourire cruel. Toutes les fois que Lefaure riait en regardant un soldat, celui-ci se disait :

— Il va m'arriver malheur, Lefaure est trop gai.

Les soldats s'étaient mis au pied de leur lit, le bonnet à la main, ainsi que le veut le réglement, lorsqu'un officier entre dans une chambrée. L'adjudant-major entra et demanda :

— Quel est le soldat qui sera de faction aux oubliettes, cette nuit?

Hugues se présenta.

L'adjudant-major regarda cette figure pâle et triste...

— De quel pays es-tu?

— De Paris.

— Bons enfans, mauvais soldats que tes pays, dit l'officier; tu as déjà été bien souvent à la salle de police.

— J'irai encore, répondit Hugues; je n'aime plus l'état de soldat.

— Pourquoi ?

— Parce que l'on y tutoie, et que c'est de mauvais ton.

— Drôle ! s'écria l'adjudant Lefaure.

— Silence ! fit M. de Gardeville, cela me regarde. Hugues, vous allez occuper un poste périlleux, vous aurez votre fusil chargé; si vous voyez quelque chose de dangereux, faites feu ! entendez-vous ?

— J'obéirai, dit Hugues.

— Rappelez-vous que la consigne est expresse : feu sur quiconque sortira du *Trou-aux-Morts*. C'est entendu ?

— C'est convenu, capitaine.

— Maintenant, Hugues, il me reste à vous dire que, quand un officier tutoie un soldat, c'est plutôt une marque d'amitié qu'un signe de mépris ; un père tutoie toujours ses fils, vous le savez bien.

— Je ne le sais pas, répliqua tristement Hugues, je n'ai jamais eu de père...

L'adjudant-major jeta un regard de compassion sur Hugues, puis il sortit lentement de la chambre des soldats.

CHAPITRE III.

Le Trou-aux-Morts.

Il est minuit. Hugues, de faction à l'entrée du *Trou-aux-Morts,* écoute avec soin le moindre bruit... Les vents de la nuit et les cris des oiseaux funèbres ont seuls encore troublé le silence de la nuit.

Disons ici un mot des oubliettes. La caserne

d'infanterie, à Blois, est située dans l'ancien château de Médicis. Au fond de ce château se trouve encore de nos jours l'entrée d'un souterrain dont on n'a jamais pu découvrir la dernière issue : c'est là, dit-on, que furent jetées les victimes de la reine Catherine de Médicis ; c'est là que furent exercées les plus affreuses tortures. L'entrée s'appelle le *Trou-aux-Morts*.

Hugues se promenait de long en large, attentif au son des feuilles qui s'entre-choquaient dans les arbres, lorsqu'il entendit quelqu'un venant de la caserne s'avancer vers lui.

— Qui vive ? s'écria-t-il.

— C'est moi, Bouton, ton ami.

Hugues reconnut la voix, il s'avança, saisit Bouton par le bras, et, l'entraînant vers l'endroit que la lune éclairait de ses pâles rayons, il contempla son camarade de lit.

— Oh ! s'écria-t-il, Bouton ! qu'as-tu fait ? d'où viens-tu ? ce sang dont tu es couvert ?...

— Vieux, dit Bouton, c'est un coup de tête... J'avais bu, vois-tu, j'ai frappé un camarade avec ma baïonnette... une dispute qu'il m'a cherchée...

— Grand Dieu ! un assassinat...

— Que veux-tu, la colère est mauvaise conseillère... Il était plus fort que moi, je l'ai percé avec ce fer.

— Il y va de la vie.

— Je le sais; aussi je viens te prier de venir avec moi, de fuir ; tu sais qu'en partant pour l'armée nous avons juré de ne jamais nous séparer ; veux-tu venir avec moi ?

— Où?

— Dans ces souterrains, répliqua Bouton d'un ton ferme ; nul ne viendra nous y chercher.

— Dans ce gouffre ! dit Hugues, mais c'est horrible... Dieu seul sait ce que nous y trouverons.

— Qu'importe ! mourir pour mourir, c'est toujours la même chose ; tu es las de la vie militaire ; moi, je cherche à conserver ma tête aussi long-temps que possible. Nous ne pouvons que gagner, nous ne perdrons jamais rien.

— Et... qui fera faction ?

— Le diable, s'il veut, dit gaîment Bouton, ça lui comptera pour son tour de garde. Allons, viens.

— Tu le veux, dit Hugues en déposant son fusil... Au fait, personne dans ce monde ne me regrettera, je ne ferai de peine à personne en manquant à mon devoir ; partons donc, et que le ciel nous soit en aide.

A peine Hugues eut-il achevé ces paroles,

que Bouton, le saisissant par la main, l'entraîna au fond du souterrain...

. . . .

Une demi-heure plus tard, lorsqu'on vint relever Hugues de sa faction, le jeune soldat avait disparu; mais on trouva, à côté du fusil qu'il avait abandonné, son habit, son pantalon et sa chemise, dont on avait fait un paquet, et qui étaient brûlés et ensanglantés en plusieurs endroits.

On chercha à savoir ce qu'il était devenu; nul ne put donner des indices. Un seul soldat affirma qu'il avait dû périr victime de sa curiosité; car, disait ce militaire, je lui ai souvent entendu dire qu'il voudrait entrer dans les oubliettes. Il aura sans doute été englouti dans les ruines ou tué par les fantômes.

L'homme qui déposait ainsi sur le compte du fusilier Hugues de Bernard n'était autre que Bouton lui-même, qui n'avait assassiné personne, et qui continua tranquillement à faire son service, en gardant un prudent silence sur les événemens que nous venons de rapporter.

CHAPITRE IV.

La Revue de linge et chaussure.

La disparition de Hugues dans le *Trou-aux-Morts* occupa long-temps le régiment ; des recherches furent faites et n'amenèrent aucun résultat. Le signalement de ce soldat fut donné à la gendarmerie ; car le colonel, qui ne croyait pas aux revenans, pensa qu'il avait bien pu déserter en protégeant sa fuite par la superstition générale.

Quelques jours après les événemens que nous avons racontés, la compagnie de Hugues reçut, après l'appel de midi, l'ordre de se rendre dans ses chambres pour y passer immédiatement la revue de linge et chaussure.

Cette revue a pour but de constater l'état des chemises, souliers, guêtres, cols et autres objets de petit équipement de chaque soldat; de voir si personne n'a vendu des effets pour boire ou s'amuser, et de constater les soins d'entretien que chaque homme doit donner au contenu de son havresac.

Chaque lit est couvert d'un mouchoir blanc;

les effets sont placés d'après l'ordre du réglement, le havresac derrière, appuyé au traversin, les chemises blanches dans le fond, ayant leur numéro matricule apparent, les guêtres blanches à gauche, les cols sur les guêtres, la coiffe du schako au milieu, sur laquelle on pose le nécessaire d'armes, le tire-balles, le monte-ressort, le bouchon de fusil, les plombs et la pierre à feu; à droite, le second pantalon rouge, sur lequel on met les brosses à habit, à souliers, à boutons, le tripoli, l'huile, le cirage, la trousse contenant du fil, des aiguilles, des épingles, de la cire à giberne et des clous; sur le devant du sac, les souliers, dont les semelles sont cirées et mises en dehors.

Le capitaine de la compagnie de Hugues commença son inspection par la gauche, ce qui laissa à la droite le temps de jaser.

— Caporal Cocasse, dit Bouton, prête-moi donc un peu de bazan, ma trousse est mal garnie, j'ai trois guêtres du même pied, et si le capitaine s'en aperçoit, je suis un homme compromis.

— Je ne vous prêterai rien, Bouton ; c'est défendu, vous le savez.

— Tiens, je suis bien bête, reprit Bouton, j'ai là le sac de Hugues, qui est maintenant *ad patres*, je vais fouiller dans son magasin, le vieux grognard n'y verra rien...

Et Bouton, avec l'agilité d'un chat, grimpa

à la planche à bagage et en tira le havresac de Hugues de Bernard.

Il se mit bien vite en devoir d'en vider le contenu sur son lit. Hugues était soigneux ; lorsqu'il faisait partie de la compagnie, ses effets étaient parfaitement propres. Notre farceur s'en accommoda très bien. Il prit guêtres, souliers, objets de petit équipement, rien ne lui manqua, grâce à ce renfort inespéré.

En fouillant dans le sac, Bouton trouva quelque chose qui résistait à la pression de ses doigts. Bouton tira cet objet au jour et le regarda.

C'était une bague, une charmante bague,

ma foi, ornée d'un superbe camée représentant un portrait d'homme...

— Peste! dit Bouton, je ne connaissais pas à Hugues ce joyau; mais, en tout cas, je m'en empare; si le fourrier faisait l'ouverture de ce sac, il empoignerait ce meuble qui n'est pas d'ordonnance; autant vaut que ce soit moi qui le garde.

Et Bouton, en homme prompt à prendre une détermination, passe le bijou à son doigt.

En ce moment, le capitaine s'approcha de son lit; il était en grande conversation avec l'adjudant-major de Gardeville, qui venait d'entrer.

— Bouton, dit le capitaine, avez-vous besoin de quelque chose ?

— Capitaine, répondit Bouton, je voudrais une paire de souliers et une paire de guêtres.

— Vous usez diablement vos souliers et vos guêtres, Bouton.

— Ce n'est pas moi qui les use.

— Qui donc ?

— C'est le petit Viret, l'homme qui marche derrière moi, il me monte toujours dessus, faute de savoir emboîter le pas.

Un rire général suivit cette plaisante excuse. Tout à coup, en apercevant Bouton, l'adjudant-major de Gardeville le fixa avec le plus vif intérêt.

— Bouton, lui dit M. de Gardeville, où demeure votre père?

— Mon officier, vous me faites une question indiscrète. On m'a toujours dit que j'étais né sous un chou, ce qui ne m'empêche pas de dévorer les descendans de ce parent végétal quand je les rencontre dans la soupe ; quant à mon père, il ne serait pas impossible que j'en aie eu un, mais il paraît avoir désiré conserver l'anonyme.

— Et ta mère? dit M. de Gardeville.

— Ma mère ? Ah ! ça, c'est une autre paire de bretelles ; celle-là, quand elle me mit au monde, elle crut avoir assez causé ; elle me laissa dans un hospice, désirant sans doute me consacrer exclusivement au service de l'État.

— Et cette bague? fit encore l'adjudant-major, pâle et tremblant.

— Bigre ! se dit Bouton, voilà le hic....

Ici le jeune soldat réfléchit qu'il ne pouvait pas avouer la soustraction provisoire qu'il venait de faire ; on l'aurait peut-être pris pour un voleur.

— Capitaine, répondit-il, elle est à moi.

— On l'a trouvée sur toi, Bouton, n'est-ce

pas? elle était attachée à ton cou lorsque tu fus déposé au tour des enfans trouvés?

— Le capitaine m'aide, se dit notre homme, il est bon diable; je n'aurais jamais trouvé cette charge-là... Oui, capitaine, vous l'avez dit, cette bague m'a suivi depuis ma tendre enfance; elle ne m'a pas quitté; je suis venu au monde comme ça.

— Grand Dieu! s'écria l'adjudant-major, Bouton, mon cher Bouton, tu n'es plus le soldat d'infanterie qui gagne un sou par jour; tu es Anatole de Gardeville, héritier d'une fortune de dix millions.

— Sapristi! dit Bouton, qu'est-ce que cela? l'adjudant-major est timbré, c'est sûr...

— Bouton, continua M. de Gardeville, viens dans mes bras, je suis ton père.

— Dix millions, se dit Bouton, un père dans les grades supérieurs, un beau nom à porter; ma foi, laissons-nous aller, je ne risque jamais rien de me jeter dans les bras de ce chef.

Et Bouton sauta au cou de l'officier devant toute la compagnie, muette d'étonnement.

CHAPITRE V.

Ce qui arriva à Hugues dans les Oubliettes.

Le lecteur se souvient sans doute que Bouton, après être venu à son ami en faction couvert de sang et de boue, après s'être fait passer pour assassin, l'engagea à fuir avec lui dans les profondeurs du souterrain. Nous allons suivre ces deux jeunes gens dans leur route imprudente ; car, si nous savons que Bouton est en lieu sûr, nous n'avons pas la même certitude sur le sort de son intéressant camarade.

Hugues et Bouton, en descendant les marches du *Trou-aux-Morts*, se trouvèrent dans une obscurité complète. Leurs mains ne rencontraient que les angles des murailles, leurs doigts s'embarrassaient dans les énormes toiles des araignées qui couraient sur leurs visages.

— Frère, dit Hugues, il fait une nuit d'enfer ici.

— J'ai tout prévu, répondit Bouton, arrêtons-nous, j'ai de quoi faire de la lumière...

Si je ne m'en suis pas servi plus tôt, c'est que, de la caserne, on en eût aperçu la clarté; maintenant tout est tranquille, nous allons y voir clair.

Et Bouton fit jaillir de son briquet un éclair de feu, puis il alluma une bougie qu'il portait sur lui...

Hugues jeta un regard sur le souterrain... Rien n'était plus sombre... Dans les murs noircis on distinguait encore des fleurs de lis et des devises galantes dont les auteurs étaient depuis long-temps retournés dans le sein de Dieu... Les chauves-souris, volant autour de la bougie, étaient les seuls êtres vivans qui paraissaient habiter ces sinistres lieux.

— Que comptes-tu faire? demanda Hugues.

— Marchons toujours, s'écria Bouton.

Ils descendirent près de deux cents marches et arrivèrent dans une salle immense, autour de laquelle on distinguait les portraits de vingt chevaliers armés de pied en cap. Hugues pria son ami de faire une halte, afin de lui donner le temps de considérer ces grandes peintures des époques antiques. Elles étaient encore magnifiques; la couleur s'était conservée, malgré le temps et l'humidité.

En parcourant ces figures des anciens preux, Hugues remarqua avec surprise qu'un d'eux semblait le suivre du regard... Son œil tournait et épiait tous les mouvemens du jeune soldat.

Hugues sentit un frisson courir dans ses veines.

— Marchons, lui dit Bouton; mais, que dis-je? il n'y a pas d'issue!

La figure du chevalier aux yeux mobiles rit alors d'une façon étrange. On eût dit le visage de Satan, lorsque, après avoir séduit la première femme, il lança un immense éclat de rire sous la voûte des mondes.

— Que ferons-nous, ami, dit Hugues, si nous devons rester ici?... Tâchons de retourner à la caserne.

— Du tout; diable! ce n'est pas mon compte, dit Bouton. Habitans vénérables de ce séjour, ordonnez qu'il soit ouvert pour nous.

Le chevalier aux yeux étincelans sépara ses lèvres... un cri rauque s'échappa de sa poitrine... Deux portes s'ouvrirent comme par enchantement.

A ces deux portes parurent deux hommes masqués.

— Est-ce l'homme ? dit l'un d'eux à Bouton.

— C'est lui.

— Dépouillez-vous de vos habits, monsieur, dit le même homme à Hugues.

— Obéis, ajouta Bouton.

Hugues se laissa déshabiller sans opposer de résistance; les événemens incroyables dont il était le héros l'avaient abasourdi... Il ne savait s'il était vivant ou mort, éveillé ou endormi.

On lui passa une robe de femme, délicieuse douillette de satin rose qui allait fort bien à sa charmante figure d'enfant; on répandit sur ses cheveux soyeux des essences d'Orient, une large collerette de point d'Angleterre vint encadrer son cou de cygne, des mules de velours cerise remplacèrent les guêtres et les souliers du régiment, ses mains furent couvertes de gants de chevreau à la peau parfumée... En moins de dix minutes, la métamorphose était tellement complète, que nul n'eût pu reconnaître dans cette jeune femme élégamment parée le fusilier du régiment de ligne Hugues de Bernard.

Quand ces préparatifs furent terminés, l'un des hommes qui avaient habillé le jeune homme lui dit :

— Hugues, jurez sur ce crucifix que vous tairez votre sexe jusqu'à ce que vous soyez relevé de votre serment.

— Je le jure, dit Hugues de plus en plus curieux de savoir ce que l'on voulait faire de lui.

Alors on le prit par la main et on le fit descendre un escalier très étroit.... Quand il fut à la quatrième marche, Bouton, qui était demeuré en haut, lui cria :

— Adieu, vieux, que le bon Dieu t'assiste !

— Quoi ! s'écria Hugues, tu veux me quitter !... mais si tu pars, je pars, je ne veux pas rester seul ici...

Et il chercha à se dégager de ses gardes ; déjà il était parvenu à sortir de leurs mains, quand Bouton s'écria :

— Frère, il faut que ta destinée s'accomplisse !

Et, en prononçant ces mots, Bouton souffla la bougie, qu'il tenait toujours à la main, et qui éclairait seule cette scène bizarre.

Hugues, seul au milieu des ténèbres, livré aux mains de deux robustes guides, et gêné dans ses habillemens de femme, voyant que son ami le quittait à jamais, leva les yeux au ciel et s'abandonna à sa destinée.

CHAPITRE VI.

La Salle de police et le Cachot.

Le soir même où Bouton se jeta dans les bras de l'adjudant-major de Gardeville, la salle de police du régiment s'ouvrit et laissa entrer un condamné nouveau.

— Qui vive ! s'écria-t-on.

— Bouton! moi, Bouton le millionnaire! Bouton le comte! le tremblement! on me met au clou, ni plus ni moins qu'un tambour qui aurait crevé sa peau.

— Ah! quelle chance! s'écria-t-on de toutes parts, c'est Bouton; il nous amusera, il nous fera rire.

— Ce qu'il y a de dommage, dit un vieux voltigeur, c'est que la *camoufle* (chandelle) n'est pas abondante; il n'y en a pas un seul bout.

— Conscrits que vous êtes, dit Bouton, me prenez-vous pour un imbécile; je ne m'embarque jamais sans les biscuits de mer.

Et, en disant ces mots, Bouton tira de sa

poche une douzaine de bouts de chandelle, dûment pliés dans un vieux billet d'appel qu'il avait ramassé chez son sergent-major; puis, défaisant son col, il en sortit un paquet d'allumettes chimiques, dont on lui avait garanti l'infaillibilité et l'origine allemande.

Cette invention nouvelle pour avoir du feu à la minute et par l'effet d'un simple frottement, a fait maigrir bien des adjudans. Le devoir de ces sous-officiers est de surveiller les salles de police, de tenir la main à ce qu'il n'y entre ni vin, ni eau-de-vie, ni pipes, ni tabac, ni chandelle, ni feu. Les ouvrages de lecture qui trouvent grâce dans la consigne sont: la *Civilité puérile et honnête* et *l'École du soldat*.

Tant qu'il fallut, pour se procurer du feu, battre une pierre avec un briquet, il fut facile de découvrir les ruses : un morceau d'amadou révélateur, une pierre en éclat, suffisaient pour trahir l'élément consigné à la salle de police ; mais, avec les allumettes chimiques allemandes, l'esprit d'insubordination triompha souvent des efforts de la discipline... Les lumières, en pénétrant partout, illuminèrent les salles correctionnelles des soldats.

Nos lecteurs ne savent peut-être pas comment est construite une salle de police. C'est une grande chambre dans laquelle il y a un lit de camp immense. La plupart des colonels de l'armée font couvrir ce lit de camp de paillassons, que l'on doit relever pendant le jour; mais, si je ne me trompe, l'ordonnance n'autorise pas ce sybaritisme. La paille n'est allouée que pour les gens condamnés au cachot, et cela pour deux raisons : la première, c'est qu'ils seraient obligés sans cela de coucher sur les pierres, ce qui serait fort malsain; la seconde, c'est que les hommes au cachot étant souvent au pain et à l'eau, les deniers qu'ils laissent à l'ordinaire, dont ils ne font pas partie durant leur détention, peuvent naturellement s'appliquer à la dépense de la botte de paille sur laquelle ils couchent.

Les hommes, à la salle de police, y apportent toujours une grande philosophie, un pain de trois livres et leur cuillère... Ils sont obligés de sortir pour le service de place, les revues et les exercices.

— Bouton, dit le voltigeur qui avait déjà parlé, que diable as-tu donc mangé, que tu es fourré dedans?

— Tiens, ne m'en parle pas, c'est papa qui est cause de tout cela.

— Papa? s'écria-t-on, tu as donc un père?

— Et un peu soigné, que je suppose, avec un plumet d'état-major; il m'a reconnu pour son fils, et il m'a donné les arrhes de sa paternité, quarante francs. Je me suis mis à manquer à l'appel, et l'adjudant m'a enfoncé à ma rentrée.

En ce moment, un bruit de clés se fit entendre, la porte de la salle de police s'ouvrit, et le caporal de garde, qui remplit toujours les fonctions de geôlier porte-clés, introduisit un pauvre enfant de dix-huit ans, qui tremblait de tous ses membres.

— Tiens! houra! s'écria toute la salle de police quand la porte se fut refermée, c'est le petit Ignace; c'est la première fois qu'il est bloqué.

— C'est vrai, dit Ignace à moitié pleurant.

— Brave! tu vas payer ta bien-venue, conscrit, dépêche, fouille dans ton gousset.

— Je n'ai pas d'argent, reprit Ignace.

— Bon ! hurlèrent les détenus, ça sera plus drôle, tu vas recevoir le baptême et *sauter à la couverte.*

— A la couverte ! à la couverte ! cria-t-on de toutes parts.

— Messieurs, dit Bouton, procédons avec ordre. Viens ici, petit, n'aie pas peur ; j'ai passé par là et je n'en suis pas mort ; c'est un usage ; ce n'est pas nous qui l'avons inventé ; il remonte aux temps antiques : le grand César fit sauter Pompée à la couverte, parce que ce dernier avait mangé *son prêt* et ne pouvait plus lui payer la goutte...

Un éclat de rire général accueillit cette boutade, qu'il est bon d'expliquer. On appelle *prêt* les cinq sous de poche que reçoit tous les cinq jours chaque soldat, et qu'il a le droit d'employer à ses menus plaisirs, après qu'il a payé son cirage, sa cire à giberne, ses clous de souliers et les dégradations de casernement qu'il est exposé journellement à commettre.

Le pauvre petit Ignace, fort peu encouragé par les exhortations de Bouton, cherchait à faire résistance; mais on s'empara de lui, on le coucha sur le dos et on lui versa toute la cruche d'eau sur l'estomac, tandis que le plus ancien soldat détenu dit d'un air fort grave :

— Je te reçois compagnon de la lucarne et de la clé, par la grâce des camarades réunis.

Cette cérémonie achevée, on procéda au

saut de la couverte. On plaça Ignace dans une couverture; quatre hommes se placèrent aux coins, et, en secouant la couverture, ils faisaient voltiger le pauvre conscrit en l'air, comme un volant lancé par une raquette.

Ces cérémonies se pratiquent encore aujourd'hui dans les salles de police de tous les régimens. Il est vrai qu'elles sont formellement interdites; mais les captifs bravent une surveillance qui ne peut pas être de tous les instans, et cherchent, en intimidant quelques recrues, à faire délier à leurs camarades les ceintures de cuir pleines d'or, qui, comme le prétendent les anciens, leur coupent les flancs.

Ignace, une fois dans la couverte et se sentant lancé avec une vigueur étonnante vers le plafond, se mit à crier d'une façon lamentable :

— Au secours ! à la garde ! on m'assassine !

A ces cris, auxquels les assistans étaient loin de s'attendre, on ouvrit la porte, et un homme qui portait l'épaulette d'or entra tout à coup.

C'était M. l'adjudant Lefaure.

Il sourit avec une grâce exquise.

— L'adjudant rit, dit Bouton, ça y est, nous sommes cuits ; nous irons au cachot.

— Où est le soldat nommé Bouton, demanda l'adjudant.

— Présent ! lieutenant, dit Bouton.

— Caporal de garde, faites descendre cet homme au cachot qui est situé sous les cuisines...

— Mais, lieutenant, je n'ai pas fait plus que les autres...

. . . .

Trois heures plus tard, la porte du cachot de Bouton s'ouvrit sans que le caporal de garde parût. Il faisait noir comme dans l'enfer, car la lune était voilée, et cet horrible lieu ne pouvait recevoir de lumière que par un soupirail. Un homme entra... Bouton, étendu sur la paille, le vit s'approcher avec une sorte de terreur.

C'était l'adjudant Lefaure.

— Bouton, c'est moi.

— Que me voulez-vous encore? Vous m'avez fait mettre au cachot, parce que j'avais allumé de la chandelle et fait sauter un *bizet* à la couverte, n'est-ce pas assez?

— Bouton, dit l'adjudant, il n'y a ici que nous; ces vieux murs humides n'ont pas d'oreilles; je peux donc tout te dire : ce n'est pas pour cela que je t'ai puni.

— Pourquoi donc? Est-ce que je n'étais pas puni assez par la salle de police? Mais c'est injuste; j'ai manqué à l'appel, c'est vrai, parce que j'avais quarante francs que m'avait donnés mon père, l'adjudant-major.

— Son père.., dit Lefaure. Écoute, Bouton, cette paternité, il faudra la prouver, et je crains bien qu'elle ne s'évanouisse. Si tu veux fuir, renoncer à ce père, je t'en donnerai les moyens.

— Vous?

— Oui, j'ai sur moi cinq billets de mille francs; je protégerai ta fuite; mais tu me jureras que jamais tu ne reviendras en France.

— Diable! dit Bouton, savez-vous que j'ai une amante, mon lieutenant; avec mon air bête, je ne manque pas de sexe. Eh bien! je ne peux pas l'abandonner.

Bouton cherchait à avoir un prétexte pour

refuser, mais il savait parfaitement ce qu'il voulait faire ; l'intérêt que prenait Lefaure à son départ ne l'étonnait pas du tout... On eût dit qu'il avait la clé de cette âme vile.

— Allons, que diable ! reprit l'adjudant, rien n'est plus problématique que cette naissance, que tu ne prouveras jamais avec cette bague ; pars, et je te donne dix mille francs.

Bouton se leva sur sa paille et dit :

— Mon lieutenant, tout est inutile, je resterai.

— En ce cas, fit l'adjudant d'une voix terrible, avant que tu n'aies pris racine dans la société qui t'attend, je t'écraserai sous mes pieds.

En disant ces mots, le fourbe sortit du cachot. Quand la porte se fut refermée, Bouton grimpa au soupirail avec l'agilité d'un chat et siffla d'une manière significative.

— Il est temps, dit-il, que je sache où en est ce pauvre Hugues.

Un homme de garde, sans doute prévenu de la valeur de ce sifflet, s'approcha de la grille.

— Camarade, dit-il, va à la salle de police que j'ai quittée, on a dû m'y porter un panier de vin et de viande en cachette; j'ai dit aux amis qu'en mon absence ils pouvaient tout manger, pourvu qu'ils me gardent un écrit qui devra s'y trouver... C'est cet écrit que je les prie de te remettre. Va... cours.

Et, pendant que le messager allait remplir son mandat, Bouton se promena en long et en large dans son cachot en disant :

— Diable d'idée!... les oubliettes... Hugues habillé en femme, moi à sa place, pris, à cause de cette bague, pour le fils du capitaine adjudant-major... Et cet adjudant qui prend le change, qui tombe dans le piége qu'on lui tend ; c'est très drôle. Mais que sera devenu Hugues ?

L'homme de garde, qui avait été à la salle de police, apparut et dit à travers les barreaux :

— Il n'y a rien.

— Quoi, rien du tout?

— Rien que ce chiffon de papier.

— Donne donc, bourreau!

Et bouton, grimpant au soupirail, lut, à la clarté de la lune, qui venait complaisamment de se dégager de son voile de nuages, les mots qui suivent :

« *Mademoiselle Hortensia de Saint-Évremont est en parfaite santé.* »

— Allons, Dieu soit loué! dit Bouton.

Et, se jetant sur la paille de son cachot, il s'endormit du sommeil du juste.

CHAPITRE VII.

Ce que vit Hugues dans le souterrain.

Laissons provisoirement maître Bouton dormir en paix dans son cachot ; laissons le lecteur se demander comment il peut se faire que Lefaure, un simple adjudant, puisse avoir des billets de banque à donner ; laissons là la caserne et ses joyeuses coutumes, pour revenir sur nos pas, et pour savoir enfin ce que la destinée a fait de Hugues de Bernard, le véritable héros de cette histoire.

On n'a pas oublié comment il traversa les longs et noirs souterrains dont le *Trou-aux-Morts* n'est que l'entrée. On se souvient aussi de la toilette féminine, opérée de force par deux vigoureux satellites, et de la fuite de Bouton, cet inexplicable farceur militaire dont le rôle est si bizarre dans les péripéties de cette narration; voyons maintenant ce qu'il advint au jeune soldat transformé si subitement en gracieuse jeune fille.

Après avoir descendu le souterrain, Hugues arriva à un escalier taillé dans le roc; il descendit plusieurs marches, et fut enfin introduit dans une grande chambre tendue de noir, dans un des coins de laquelle un vieillard était tristement accoudé sur un livre d'heures.

— Monsieur Jacques, dit l'un des gardes de Hugues, voilà le jeune homme.

— C'est bien, fit gravement le vieillard; laissez-moi, je vous prie.

Les deux hommes qui avaient escorté Hugues se retirèrent, et le jeune soldat resta en face de ce sexagénaire, à la tête chauve, qui fixait sur lui des yeux étincelans.

— Approchez, lui dit le vieillard, venez à moi, là; laissez-moi vous voir. Oui, c'est bien cela... Mon Dieu! donnez-moi du courage...

— Monsieur, lui dit à son tour Hugues, que signifie ceci? Êtes-vous pour moi un protecteur ou un ennemi? déclarez-vous de suite : pourquoi cette mascarade à laquelle on me force?... pourquoi vos mouvemens convulsifs à ma seule approche?

— Mon enfant, répondit le vieillard, tout ce qui vient d'être fait était nécessaire à votre bonheur; de grâce, soyez silencieux, je vous prie, surtout que rien n'échappe de votre bouche, en présence de celle que vous allez voir.

Le vieux Jacques se mit à crier :

— Louise!

Un pas précipité se fit entendre... la porte de la salle s'ouvrit... une femme entra...

Qu'elle avait dû être belle, la pauvre créature; qu'elle est belle encore, malgré ses haillons et ses souffrances physiques! Sa peau était blanche et pâle, mais fine et azurée comme un beau marbre vénitien; ses yeux avaient versé bien des larmes, mais ils étaient toujours beaux et brillans, comme si Dieu eût voulu que la beauté de cette femme, survivant à son bonheur, fût un signe éclatant de l'éternité de ses œuvres.

— Louise, dit de nouveau le vieillard, voilà une compagne...

La pauvre femme s'approcha de Hugues vêtu en femme, le regarda et lui dit :

— Ma bonne amie, croyez-moi, je suis heureuse de vous avoir pour ma compagne; mais je plains votre sort, on va vous battre, si vous ne faites pas votre tâche...

— Me battre ?

— Oui. Vous ne savez peut-être pas où vous êtes? A la Salpêtrière !...

Hugues bondit malgré lui au nom de cette prison... mais la réflexion lui vint... Il connaissait la Salpêtrière, affreux séjour d'expiation que les magistrats ont assigné aux femmes coupables; il vit bientôt que sa compagne n'avait pas beaucoup de lucidité dans l'esprit...

— Ma bonne femme, lui dit-il, je ne sais

ce que je vais faire auprès de vous ; mais déjà je sens que je vais vous aimer comme une sœur, vos douleurs seront les miennes.

— Ah ! tu as raison, enfant, de me consoler ; car ils m'ont bien battue, et puis ils m'ont donné un jour un grand coup de canne sur la tête... Regarde-le, voilà la marque... cela a bien saigné, va.

— Pourquoi cette horrible brutalité? dit Hugues, ému de pitié.

— Je vais te le conter, mais n'en parle pas : je leur avais dit que j'étais marquise, et ils m'ont frappée... J'ai eu très long-temps des douleurs sourdes dans la tête... Ne va pas dire que tu es marquise, toi, ma pauvre amie, ils t'en feraient autant.

Hugues contempla avec douleur cette femme, qui avait dû être en butte à toutes les misères humaines ; puis, se tournant vers le vieillard, qui était demeuré spectateur immobile de cette scène, il lui dit :

— Voyons, monsieur, qu'attendez-vous de moi ?

— Que vous rendiez à cette malheureuse le calme et la raison.

— Moi, et comment le puis-je ?

— En suivant toutes mes instructions à la lettre.

— Mais pourquoi m'avez-vous choisi?

— Vous saurez tout plus tard... quand l'heure sera venue. Ce que vous avez maintenant à faire demande du courage; la tâche que je vous donne, je l'eusse remplie avec bonheur, mais je suis surveillé, moi, le moindre pas que je ferai dans la ville de Blois serait le signal d'un malheur. C'est donc à vous qu'elle revient; tâchez de la remplir en homme de cœur.

— Que faut-il faire?... parlez, s'écria Hugues.

— Il faut aller cette nuit même trouver le fossoyeur de l'église métropolitaine et lui demander la permission de fouiller dans un cercueil.

— Mais c'est un sacrilége !

— Je le jure sur ma tête, ô noble jeune homme ! ce que j'exige de toi est nécessaire pour accomplir une grande œuvre de justice ; tu seras l'instrument dont la Providence se servira pour flétrir le vice et récompenser la vertu malheureuse.

— Je vous crois, reprit Hugues avec plus de calme. Achevez, quel tombeau dois-je faire ouvrir ?

— Celui de la marquise de Saint-Évremont ; le fossoyeur la connaît. Il te l'indiquera, noble enfant, dans tes recherches; prends cette bourse, que tu donneras à cet homme pour vaincre ses scrupules; car rien n'est tranquillisant pour la conscience comme l'or : c'est le remède universel. Écoute, voilà minuit qui sonne, enveloppe-toi de ce manteau, mets un voile sur ce chapeau ; n'oublie pas que tu dois être une femme pour tout le monde, afin de déjouer les projets d'ennemis qui te sont inconnus. Pars, et que Dieu te protége dans la mission que tu vas entreprendre.

En disant ces mots, le vieillard prit Hugues par la main et allait l'entraîner.

— Tu me quittes déjà ? dit la pauvre femme, qui était demeurée silencieuse.

— Oui, bonne Louise, répondit le vieux Jacques ; mais elle reviendra...

— Ne va pas essayer de sortir ou d'écrire à quelqu'un au moins, continua l'infortunée ; on te mettrait dans un cachot sans paille, comme on a fait pour moi... J'ai bien souffert, va !...

Hugues sentit quelques larmes couler de ses yeux ; le vieillard, craignant quelque moment de faiblesse ou des questions auxquelles il était décidé à ne pas répondre, l'entraîna vers le fond du souterrain ; là, il ouvrit plusieurs portes qui se succédaient, et cela sans chercher, en homme qui connaît les localités ; à la fin, il arriva à un mur...

— C'est par là qu'il faut sortir.

— Il n'y a pas d'issue, dit Hugues.

— J'en ferai une.

Il poussa un ressort : une porte couverte de pierres de taille et supérieurement déguisée s'ouvrit aussitôt, Hugues sortit.

— Du courage, dit le vieillard. Puis il ferma la porte avec précipitation.

Maître Hugues de Bernard, ex-fusilier d'un régiment de ligne, se trouva à minuit en plein air, en costume de femme élégante, sur l'une des places publiques de Blois. . . .

. . . .

Dès qu'il eut refermé la porte du souterrain, le vieillard remonta les marches, fit le tour du caveau au milieu du silence de la nuit, chercha quelque temps parmi les tombes en ruines ; puis, ayant trouvé l'endroit qu'il désirait, il frappa avec une grosse clé sur le mur.

— Qu'est là, nom d'une pipe ! dit quelqu'un que le lecteur connaît.

— C'est moi, dit le vieillard.

— Ah ! sapristi ! comme ça se trouve, c'est toi, papa !

Et Bouton sauta de joie sur la paille, tandis que le vieillard, qui n'était autre que son véritable père, entrait dans le cachot par une issue qui, comme la porte par où Hugues venait de sortir, était inconnue de tout le monde.

CHAPITRE VIII.

Une Visite dans un Cercueil.

Hugues, une fois en plein air, songea à s'orienter; il se dirigea vers le cimetière de la ville, car le vieux Bouton lui avait dit que la maisonnette du fossoyeur était située à côté du jardin de la mort.

Jamais nuit n'avait été plus propice que

celle-ci pour une périlleuse entreprise. Hugues devait être de retour dans une heure à l'endroit d'où il était sorti, car le père Bouton devait lui ouvrir à un signal convenu. Afin de ne pas perdre de temps, il se dépêcha d'entrer chez le fossoyeur.

— Père Michel ! dit-il.

— Qui va là ? On n'enterre pas à cette heure. Que voulez-vous ?

— Vous dire un mot...

— Allez au diable ! je suis en famille et ne puis recevoir.

Hugues ne se découragea pas... Il écouta aux portes. Le bon fossoyeur jouait aux lotos avec sa femme et ses enfans.

— Trente-trois, les deux bossus, disait le fossoyeur ; ce sont les plus difficiles à ensevelir, les bossus ; il leur faut des cercueils à compartimens.

— Trente-trois, je l'ai deux fois, répliqua sa femme. Ah ça ! est-ce vrai, Michel, que que l'on va déterrer tous les individus inhumés depuis dix ans ?

— Sept, la pioche, et je m'en sers, dit en jouant toujours le fossoyeur ; la pioche est notre gagne-pain, et, comme tu dis femme, je m'en servirai pour sortir de leur dernière demeure des gens qui n'y auront pas dormi long-temps... C'est la ville qui le veut ; le cimetière est trop petit.

La partie de loto se serait continuée beaucoup plus long-temps, et sans doute un heureux quine serait venu donner le gain à quelque membre de cette intéressante famille, si Hugues n'eût frappé de nouveau.

— Ouvrez! vingt francs pour vous si vous ouvrez.

La porte s'ouvrit comme par enchantement.

— Une demoiselle! seule! à cette heure! dit le fossoyeur.

— Je vous donne dix louis d'or si vous me faites voir ce qu'il y a dans le cercueil de la marquise de Saint-Évremont.

— Parbleu! il y a un corps.

— C'est ce que je veux voir.

— Moi, je risque ma place... Dix louis, cependant...

— Je ne toucherai pas au cadavre; vous refermerez le cercueil, et votre tâche, comme la mienne, sera remplie.

— Mais, mademoiselle, pourquoi ce singulier caprice?

— Qu'est-ce à dire? dit Hugues; je ne vous paie pas pour être curieux. Oui ou non, acceptez-vous?

— Dix louis, c'est plus que je ne gagne par trimestre : j'accepte.

Michel le fossoyeur prit sa pioche, sa lanterne sourde, et se dirigea vers un des taillis du cimetière, renversant de temps en temps les croix de bois qui ornaient la tombe isolée du pauvre.

Ils arrivèrent, lui et Hugues, à un tertre sur lequel était élevé un beau monument; sur le marbre était écrit :

CI-GIT

DAME LOUISE-MARIE-AURORE DE SAINT-ÉVREMONT,

DAME D'HONNEUR DE LA REINE,

MORTE LE 17 JANVIER 17...

— C'est là, dit le fossoyeur.

Puis il se mit à creuser; la terre s'enleva... Bientôt on vit les planches pourries d'une bière apparaître au milieu du gravier... Michel défit les planches de dessus assez facilement, car elles tombaient en morceaux... Il tira le cercueil hors de la fosse !...

Hugues s'approcha avec la lanterne pour regarder le cadavre ; il s'étonnait de le voir si bien conservé, quand tout à coup le fossoyeur s'écria :

— Parbleu ! voilà qui est drôle.

— Quoi ?

— Ce n'est pas un corps mort, ça, mademoiselle.

— Qu'est-ce donc ?

— Sur mon Dieu et ma vie, dit Michel sérieusement, ce n'est qu'une figure de cire ! !...

CHAPITRE IX.

Le chapitre des Révélations.

Dès que Hugues eut acquis la certitude que le cercueil de la marquise de Saint-Évremont ne contenait qu'une figure de cire, il donna au fossoyeur Michel les pièces d'or qui lui avaient été promises, et retourna avec précipitation au lieu indiqué pour rentrer dans le souterrain.

Après avoir frappé trois coups, ainsi que cela était convenu, il vit arriver à lui le vieux Jacques, qui l'introduisit dans une salle noire, où se trouvait la pauvre femme folle.

— Ah! te voilà, chérie, dit cette malheureuse en voyant Hugues, je suis heureuse de te revoir; tes regards portent le bonheur dans mon âme!...

— Pauvre femme, répondit Hugues, vous m'aimez donc?

— Si je t'aime, ma bonne, mais avec tout mon cœur; j'ai si grand besoin d'aimer; il y a si long-temps que je n'ai aimé personne.

— Hugues, dit tout bas le vieux Jacques, quel a été le résultat de votre recherche?

— Un cadavre simulé existe seul dans la bière, répondit Hugues.

— Le fossoyeur a-t-il été témoin ?

— Il l'a vu comme moi, et pourra en déposer devant la justice.

— Et personne n'a remarqué ta présence, n'a suivi tes pas ?

— Personne.

— *Excepté moi*, reprit une voix qui se fit entendre tout à coup.

Les deux amis pâlirent en entendant ces mots ; ils regardèrent derrière les noires tentures... Personne ne s'y était caché.

— C'est peut-être un bruit imaginaire; nous avons cru entendre quelque chose dans la solennité de la nuit; il n'y a que nous et la vieille qui veillons.

— Elle veille donc toute la nuit? demanda Hugues.

— Pendant presque tout le temps que durent les ténèbres... Elle a perdu le sommeil... Mais venez, j'ai à causer avec vous, et je ne veux pas qu'elle puisse écouter notre conversation.

Et Jacques entraîna le jeune soldat vers une petite chambre où le jour n'entrait jamais, et qui offrait un abri sûr contre les indiscrets.

— Hugues, lui dit-il, je vais vous dire la

vérité tout entière sur votre naissance. Vous n'étiez pas destiné à porter l'habit de simple soldat; un crime présida à votre naissance.

— Un crime! grand Dieu!

— Écoutez... Il existait en France... à Paris, une femme jeune et belle; elle avait toutes les grâces de la jeunesse, tous les talens de l'esprit... Elle était fille de grande maison, et pourtant, malgré l'éducation solide qu'elle avait reçue, elle fit un faux pas dans sa route... elle fut victime d'un séducteur : c'était votre mère.

— D'un séducteur? Son nom, quel est-il?

— Oh! Hugues, ne tournez jamais votre glaive contre lui, car il aimait votre mère comme elle l'aimait, car jamais flamme ne fut plus sincère, jamais amant ne brûla plus que lui du désir qu'il avait de donner à celle qu'il avait perdue un nom et une réparation... Hélas! cette réparation d'une faute que les bons cœurs excusaient, elle fut refusée par la famille noble et fière de celle qui vous donna le jour.

— Que l'on chasse cet homme, dit le marquis, votre grand-père, à la demande en mariage, qu'il soit jeté à la porte de mon hôtel à l'instant.

— Pauvre père! pensa Hugues en essuyant une larme.

— Il partit, celui qu'une famille rejetait de

son sein ; il demanda du service, dit-on, pour pouvoir se faire tuer, car il était brave, et le suicide lui répugnait. Il partit et laissa votre mère enceinte, livrée à l'animadversion de parens irrités.

Lorsque le moment de son accouchement arriva, le marquis de Saint-Évremont, votre grand-père, fit appeler deux hommes dans son appartement, leur faisant jurer sur leur vie de garder le secret sur ce qu'il avait à leur proposer... Ces deux hommes qui prêtèrent ce serment imprudent sont encore en vie ; ils ont survécu à celui qu'ils servirent avec trop d'aveuglement et de complaisance... L'un d'eux est l'adjudant Lefaure ; l'autre, c'est moi...

Hugues recula atterré à cette déclaration. L'homme qui lui parlait avait donc connu ses parens; il savait donc enfin quel mauvais génie avait présidé à sa destinée; il allait donc apprendre quel était le mystère dont son existence avait été si long-temps environnée.

— Achevez! s'écria-t-il en saisissant le vieux Jacques par le bras, achevez donc, de grâce...

— Que vous dirai-je? Le marquis nous initia à son fatal projet; il était exécrable, mais il devait, disait-il, sauver l'honneur de son nom, qui venait de recevoir une atteinte grave, et qui eût été souillé à jamais si l'on eût appris, par la naissance d'un enfant, que la noble fille du marquis de Saint-Évremont avait été victime d'une séduction.

— Que fites-vous ? père Jacques.

— Une potion fut administrée à votre mère peu de temps avant les premières douleurs; cette potion, composée avec art, quoique ne contenant aucune matière dangereuse et ne pouvant compromettre l'existence, n'en causa pas moins un long sommeil, un sommeil de vingt-sept heures, et pendant ce temps, comme si la nature eût voulu être notre complice, l'accouchement s'opéra, et l'enfant vint au monde à l'insu de sa mère.

— Et cet enfant, qu'en fit-on ? s'écria Hugues.

— Cet enfant, on l'enleva du lit où il venait de naître à une vie de douleurs et de larmes; cet enfant, on me le donna en pleurs pour le faire disparaître à jamais...— Qu'il soit caché, s'écria le marquis; que ce témoin de la faute de ma fille ne puisse jamais se rencontrer avec nous dans la société... — Mon Dieu, j'étais lié par un serment, monsieur Hugues, il fallait obéir... J'enveloppai l'innocente créature, qui me souriait, dans une couverture de laine; j'attachai à son cou, pour pouvoir le reconnaître quelque jour, si le besoin s'en présentait, une bague, un camée que j'avais pris à sa mère pour cet usage.

— Un camée! grand Dieu! est-ce possible,

dit Hugues, les yeux en feu, un camée ; mais, si je ne me trompe, cet enfant...

— C'est vous, Hugues, dit gravement le vieillard ; vous êtes le fruit de cette union illégitime ; mais Dieu n'a pas abandonné le pauvre petit que je déposai dans le tour de Saint-Vincent-de-Paule, avec tant de regret, alors qu'il me tendait les bras en pleurant. Vous êtes homme, Hugues, Dieu vous a donné la beauté, la force et le courage pour que vous employiez ces dons à réparer une grande injustice, pour que vous m'aidiez à effacer les traces d'une faute qui pèse depuis bien longtemps lourdement sur ma conscience.

— Jacques, dit Hugues, achevez cette lamentable histoire ; j'aurai du courage jusqu'au bout.

— Après votre disparition, votre mère revint à elle, et on lui dit qu'elle avait mis au monde un enfant mort... La pauvre femme pleura ce petit être, gage d'un malheureux amour, avec cette douleur vive et respectable qui se retrouve seulement dans le cœur d'une mère. Elle pleura le fils qu'elle n'avait jamais vu ; mais elle devait pleurer d'autres malheurs ; le destin lui réservait des angoisses plus grandes, des supplices plus terribles.

Un mois après que je vous eus déposé à l'hospice des Enfans-Trouvés, votre grand-père, le fier marquis de Saint-Évremont, mourut subitement. On eût dit que le ciel avait frappé le principal coupable; sa mort laissa votre mère seule héritière d'une immense fortune, qui lui fut remise, à condition qu'elle prendrait le titre de marquise en devenant l'unique rejeton de sa noble race. Au lit de mort, le père avait pardonné à sa fille.

Je voulus aller déclarer à la marquise que son fils vivait. Lefaure, alors intendant de sa maison et mon supérieur, puisque je n'étais que le valet de chambre de feu M. le marquis; Lefaure, dis-je, m'en empêcha. Il m'assura que, si je disais un mot, il ferait tomber sur moi toute la responsabilité de la soustraction de l'enfant; il me rappela que seul j'avais agi physiquement dans la faute dont tous les deux nous étions complices, et que mon indiscrétion retomberait sur ma propre tête.

Cette déclaration de Lefaure m'intimida; je n'écoutai que la voix de mon salut, et je devins l'instrument humble et aveugle de l'infâme qui devait pousser plus loin ses forfaits.

A cette époque, la révolution déployait déjà sur la France ses ailes funèbres; de toutes parts des cris de meurtre et de désordre retentirent. Lefaure, afin de s'emparer de la fortune immense dont l'administration lui avait été confiée, tenta le coup le plus hardi, le plus audacieux qui puisse être conçu par un scélérat qui n'a rien à perdre en se déshonorant.

Familiarisé avec la potion soporifique qui avait été administrée à la marquise avant son accouchement, il lui en fit prendre une, et ne tarda pas à la plonger dans un profond sommeil. Ce fut pendant ce sommeil, monsieur, qu'il accomplit ses noirs desseins. La noble fille du marquis de Saint-Évremont fut dépouillée de ses habits de velours et de soie, on la revêtit pendant qu'elle dormait d'habits sales et déguenillés, on lui mit au pied des savattes, sur le cou une guenille dégoûtante... Ainsi habillée, la malheureuse fut portée... où... à la Salpétrière!...

— A la Salpétrière! dit Hugues d'une voix de tonnerre; ai-je bien entendu? Cette femme qui est ici, cette pauvre insensée qui parle de prison et de coups qu'elle a reçus, c'est donc elle, misérable, que tu as laissé enchaîner... O Dieu vengeur !... c'est donc ma mère !...

Le vieux Jacques ne répondit plus... A la vue de la figure pâle et terrible de ce fils, qui, debout devant lui, lui demandait compte des souffrances de sa mère, le vieillard resta muet et tremblant ; ce ne fut que quelques instans après que sa voix put faire entendre ces mots :

— Grâce ! monsieur, grâce et pardon !...

Hugues en eut pitié ; il lui tendit la main en lui disant :

— Relevez-vous ; pardonnez aux sentimens qui affligent mon âme : j'oublie que cette révélation subite de ma naissance, c'est à vous que la dois... Continuez, de grâce.

— Mon Dieu! la fin de ce noir récit, vous la devinerez sans peine... Votre mère languit dans la prison de la Salpétrière pendant de longues années; elle était battue toutes les fois qu'elle se faisait passer pour marquise. Sa raison s'y altéra. Quant à Lefaure, il fit mettre dans le cercueil de celle qu'il faisait passer pour morte une figure de cire qui représentait son corps. Cette figure, vous la vîtes hier; cette figure, le fossoyeur, m'avez-vous dit, la vit également. Je ne vous dirai pas maintenant comment, dès que je le pus, je réparai ma faute autant que cela me fut possible; comment je profitai de l'ouverture de toutes les prisons pour recueillir votre infortunée mère ; pourquoi j'ai choisi pour son refuge et le mien ces oubliettes, dont l'abord est protégé par d'immenses cachots, de nombreux détours, et surtout par la superstition publique : tout ce que je vous dirai, c'est que, grâce à vous, à ce déguisement que vous avez pris si heureusement pour l'issue de notre entreprise, l'honneur, la liberté, le rang seront rendus à l'infortunée qui vous donna le jour.

— J'en accepte l'augure, dit Hugues en essuyant les larmes qui avaient coulé de ses yeux pendant ce récit et qui inondait son noble visage ; mais je vous quitte pour embrasser ma mère.

— Silence ! reprit Jacques au moment où ils approchaient du lit de la femme battue par tant de tempêtes, et pour laquelle le bonheur pouvait renaître encore ; silence, voyez, elle dort.

— C'est vrai, dit le généreux soldat, respectez son repos ; à son réveil, je l'embrasserai pour la première fois.

Et Hugues, s'abandonnant au bras de Jacques, alla avec lui se coucher sur une natte, qui depuis long-temps était le seul lit de ce vieillard.

Hélas ! Hugues, occupé du bonheur d'embrasser sa mère au réveil, Hugues qui rêvait pour elle joie et fortune, Hugues n'avait pas regardé en la quittant au fond de la sombre alcôve où celle qui fut la marquise de Saint-Évremont dormait... car, s'il y eût regardé, il eût aperçu quelque chose de terrible ! d'affreux !... la main de l'adjudant Lefaure qui tenait un couteau et qui le levait pour le plonger tout entier dans le sein de sa victime !!!...

CHAPITRE X.

Les Soldats pendant la nuit.

La vie militaire est peu connue dans le monde. L'armée jouit d'un huis clos perpétuel, que l'on comprendra parfaitement lorsque l'on saura qu'il est défendu à un soldat d'écrire dans les journaux et d'y révéler les mystères de la grande famille régimentaire;

il est vrai que, lorsque le citoyen est libéré du service, il peut raconter au public ses plaisirs et ses peines, ses momens de gloire et d'abaissement ; mais, mon Dieu, en franchissant les murs et de la caserne, il fait comme l'oiseau auquel on donne la liberté, il ne songe pas à regarder les barreaux de la cage...

Si nous pénétrons dans l'intérieur des casernes, c'est d'abord parce que notre sujet nous y force, puis parce que, nous le répétons, la matière est vierge et intéressante, et que le lecteur pourra trouver quelque profit à ces scènes de mœurs tracées par notre plume.

Entrons dans cette chambrée ; il fait nuit ; des chandelles de cinq centimes se meurent dans leurs chandeliers de cuivre; un roulement se fait entendre, c'est l'extinction des feux; cinq minutes après ce roulement, tout le monde doit avoir soufflé les chandelles; il n'y a que les sergens-majors et les fourriers, sous-officiers qui travaillent à la comptabilité, qui puissent voir clair pendant la nuit.

— C'est embêtant, dit le caporal Cocasse, on ne peut pas dormir, le tambour Jacques ronfle comme un soufflet de forge.

— Il y a remède, répondit un ancien, faut lui appliquer la recette.

Et aussitôt il saute de son lit, vingt militaires le suivent... Ils avancent vers le ronfleur, se penchent sur sa figure et se mettent à siffler à l'unisson, de façon à faire évanouir une petite maîtresse et à faire tomber un comédien en syncope.

Le tambour s'éveilla en sursaut et dit :

— S...bleu ! c'est des bêtises, camarades, ça ne se passera pas comme ça.

— Silence, messieurs, fit en ce moment le caporal Cocasse, vous ferez monter les sergens.

— Frères ! reprit l'ancien s'adressant à ses camarades, il ne s'agit pas de ça, mais d'une autre paire de jugulaires ; tel que vous me voyez, je suis un monsieur fort heureux, j'ai fait une connaissance.

— Une connaissance ! hurla le tambour, toi, Benoît ?

— C'est donc une aveugle, dit méchamment un autre.

— Du tout, reprit le vieux brave, c'est une cuisinière superbe, un être qui n'entrerait pas par cette porte ; non... oh ! non, elle n'y entrerait pas... C'est une magnifique femme, quoi... Eh ben! elle m'attend cette nuit... avec un fricandeau et du petit vin de propriétaire qui coupe la gueule à quinze pas...

— Et tu veux découcher? demanda-t-on de toutes parts.

— Un peu, mon vieux; mais le contre-appel, si on le fait... Ça sera difficile... Écoutez, vous promettez de taire vos becs?

— Oui, oui, oui.

— Eh ben! je risque le paquet, arrive qui plante, la salle de police n'a pas été inventée pour des prunes; je passe mes guêtres pour voler dans les bras de l'amour.

Et le vieux Benoît, après s'être habillé, prit une précaution bien connue de tous les militaires, possesseurs de cœurs tendres, qui ont escaladé la nuit les murs de la caserne : il saisit son traversin, lui mit une chemise et un bonnet de nuit; puis, l'ayant couché à sa place dans le lit, il dit :

— Voilà mon remplaçant, pas de danger qu'il déserte; adieu, les enfans.

Et Benoît allait quitter la chambrée, quand une réflexion lui vint.

— Camarades, dit-il, pendant que je saute la muraille, il faut que le factionnaire ne puisse pas m'entendre. Chantez quelque chose en chœur.

— Chanter, répondit-on, mais le chanteur n'est plus là, ce pauvre Bouton qu'est *cloué*.

— Cric ! s'écrie une voix forte.

— Bouton ! répondirent les soldats, voilà Bouton ! comment diable ça se fait-il ?

— Chut ! dit Bouton, point de questions *incisives*, ne négligez pas cette occasion majestueuse de rendre service à un frère d'armes, qui sent le besoin de faire une queue à la discipline au profit du voltigeur Cupidon et d'une Vénus qui fait l'amour et les tripettes à la mode de Caen avec un égal succès. Pour couvrir sa fuite, chantez avec moi le vieux chant militaire du *Fileur de Corbeil*.

— Oui, le *Fileur de Corbeil !...*

Et, pendant que Benoît l'amoureux escaladait les murailles, la compagnie répétait avec Bouton les couplets suivans :

LE FILEUR DE CORBEIL.

C'est le fileur de Corbeil,
Qu'y n'y avait pas son pareil;
Avant d'être au régiment,
Au régiment, ent, ent,
Au régiment,
Avant d'être au régiment,
Il n'avait qu'un attachement.

Il s'en va dire à sa maman,
Je pars insensiblement;
Dites à ma tante que j' suis son n'veu,

Que j' suis son n'veu, eu, eu,
  Que j' suis son n'veu;
Dites à ma tante que j' suis son n'veu,
Et que j'ai z'u le numéro deux.

Si Charlotte vient m' demander,
Dites-lui que je suis occupé,
Qu'elle me garde son cœur, sa foi,
Son cœur, sa foi, oi, oi,
  Son cœur, sa foi,
Qu'elle me garde son cœur, sa foi,
Si ça se peut quelquefois.

Dit's encore aux compagnons
Que le fileur de coton
Qui a filé bonnets et bas,
Bonnets et bas, as, as,
  Bonnets et bas,
Qui a filé bonnets et bas,
D'vant l'ennemi ne filera pas.

— Bravo! s'écria la chambrée; un ban pour le chanteur.

Et aussitôt une triple salve d'applaudissemens accueillit la romance de Bouton, romance qui n'est point faite à dessein par nous, indigne historiographe, mais que tout soldat français doit savoir par cœur.

Pendant ce temps, Bouton, parvenu à sortir de son cachot par l'intercession de M. l'adjudant-major de Gardeville, songeait à son père, qui l'avait chargé de détails importans.

— Benoît a parfaitement joué sa frime, se dit-il; pendant qu'on le croit chez une particulière, il travaille pour nous; c'est le brosseur de l'adjudant, il aura fait ce qu'il aura voulu.

Le *brosseur* est un soldat employé par les officiers ou sous-officiers, pour entretenir leurs effets d'habillement; personnage important, puisqu'il approche des chefs, et qu'il n'y a point de grands hommes pour un valet de chambre; il obtient souvent d'importantes faveurs, et il est arrivé fréquemment que la protection d'un brosseur de colonel ou de chef de bataillon a aplani pour des jeunes gens le chemin de l'épaulette.

— Maintenant, Bouton, pour montrer que tu n'es pas fier, conte-nous un conte, dirent les soldats... le conte de La Ramée, tu sais, tu le dis dans le soigné.

— Ça va, répondit Bouton, qui voulait amuser la chambrée pour détourner l'attention de son ami Benoît; mais voyons si quelqu'un dort avant que je commence, car je ne veux pas parler pour des sourds.

— Personne ne dort.

— C'est égal, faisons le signal : cric !

— Crac ! répondit en chœur la chambrée.

— Sabot !

— Cuillère à pot !

— Sous-pied de guêtres ?

— Œil ouvert !

— En avant !

— Marche !

Ces demandes et ces réponses assez triviales, comme le lecteur le voit, précèdent toujours les contes de chambrée ; c'est un usage traditionnel dont il serait curieux de rechercher l'origine. Bouton, s'étant assuré de l'attention de son auditoire, commença ainsi qu'il suit :

LE CONTE DE LA RAMÉE.

Messieurs, il y a vingt-sept ans que, dans le 17e régiment de ligne, il existait un soldat, La Ramée, qui était bon garçon et ne mangeait pas de chandelle pour y voir clair... Depuis vingt-sept ans La Ramée avait eu de grandes protections : il était caporal postiche. Il y avait onze ans qu'il devait prendre les galons à la première promotion... Ennuyé de cela, un jour La Ramée se présente chez son capitaine et lui dit :

— Capitaine, j' suis dégoûté du service, vous me prenez pour un caniche, vous me méprisez, je veux mon congé.

— La Ramée, que dit le capitaine, tu as tort, mon vieux; si tu n'es pas caporal, ce n'est pas ma faute; tu redois trois cent soixante-cinq francs à la masse et tu n'as pas de chemises : complète ta masse et tu seras nommé.

— En ce cas, pour compléter ma masse, que dit La Ramée, donnez-moi un semestre de trois mois et ma feuille de route; je vous rapporterai de quoi compléter ma masse, foi de La Ramée.

— Tiens, que dit le capitaine, pars.

V'là que La Ramée met ses souliers de voyage et son sac vide sur son dos, le voilà qui marche, qui marche, qui marche ; il traverse bien cent quatre-vingt-dix mille lieues de moutarde sans éternuer, il passe à la nage trois fleuves d'eau-de-vie, de rhum et de genièvre pour aller poser sa chique dans les pays lointains... Il marche, il marche ; s'il va de ce train-là, nous ne pourrons jamais le rattraper, pour peu que nous mettions des noyaux de cerise dans nos souliers.

V'là que très loin, très loin, dans un pays agreste, dans une ville qui a été bâtie du temps où Ponce-Pilate était caporal dans les Cent-Suisses, La Ramée aperçut un vieux qui était en train de rouler un tonneau... Il ne pouvait pas le faire tourner, tant il était lourd.

— Militaire, que lui dit le vieillard, si vous pouviez trouver le moyen de me faire tourner le tonneau plus facilement, je ferais mettre votre nom dans les journaux...

— Brave homme, c'est facile, répondit avec l'urbanité qui le caractérise le brave La Ramée; si tu n'étais pas bête comme un âne, tu l'aurais trouvé comme moi.

Et La Ramée défonça le tonneau, qui contenait du vin, et vida le tonneau, qui alors roula plus facilement.

— Militaire, dit alors le vieillard, je te remercie, et, pour te récompenser, je te donne ce papier, qui contient la réponse à deux questions proposées aux sages du monde entier par le grand roi de Seringapapapathos; avec ces réponses, tu feras ta fortune.

V'là La Ramée qui part, marche, marche; à trois sous par lieue, il aurait gagné vingt mille livres de rentes avec ses talons... Il arriva à la cour du grand roi Seringapapapathos, et demanda à entendre les questions.

Le roi lui dit :

— Homme de l'Occident, mangeur de charcuterie et de ratatouille au lard, que tu es, si tu réponds aux deux questions proposées, je te donne ma fille en mariage et cent millions en pièces de six liards.

— Tousse, crache, renifle et parle, conscrit, reprit La Ramée ; je répondrai à l'aide de ce papier.

— Dis-moi combien il faut d'heures à un homme pour faire le tour de la terre?

— Vingt-quatre, répondit La Ramée, en sortant sa chique, pourvu qu'il parte à califourchon sur le soleil.

— Si tu voulais me vendre, dit le roi, à quel prix crois-tu qu'il faudrait me coter ?

— A vingt-neuf talens, répondit encore La Ramée.

— Pourquoi?

— Parce que Jésus-Christ, qui était Dieu, a été vendu trente talens, et que vous, qui n'êtes qu'un homme, valez bien un talent de moins.

En entendant ces sages réponses, le roi de Seringapapapapathos donna à La Ramée les cent millions en pièces de six liards et sa fille, qui était fort laide, et ordonna qu'on les mît à la porte de ses États.

La Ramée revint à son régiment, compléta sa masse à l'aide des cent millions de pièces de six liards, il passa caporal d'emblée, et son épouse, qui était la fille d'un roi, obtint l'unique faveur de fournir le fricot aux sous-officiers . . . .

. . . .

Le facétieux Bouton avait à peine achevé ce conte hyperbolique, qu'un homme parut escorté par la garde.

C'était l'adjudant Lefaure, suivi de l'adjudant-major de Gardeville.

— Bouton, dit l'astucieux Lefaure, vous avez menti à l'adjudant-major en disant que le camée dont votre doigt est orné vous appartenait, vous avez infâmement menti en vous disant enfant trouvé; voici votre extrait de naissance, qui se trouvait chez le trésorier, aux archives du régiment. A qui appartenait donc cette bague?

— Je ne le dirai pas, répartit Bouton.

— Alors vous l'avez volée, cette bague ?

Bouton fit un geste d'indignation, mais il se contint bien vite et dit fermement :

— Oui, je l'ai volée...

— En prison, de suite, s'écria Lefaure.

— Du tout, adjudant, reprit avec autorité M. de Gardeville, faites retirer votre garde et laissez cet homme ; demain nous verrons jusqu'à quel point il est coupable ; je suis trop intéressé à cette affaire pour vouloir la brusquer.

Et l'adjudant-major entraîna Lefaure, qui était pâle de colère.

Dès qu'ils furent sortis, tous les soldats se levèrent.

— Un voleur, dirent-ils tous, en montrant Bouton du doigt.

— C'est un voleur, s'écria avec eux le caporal, justice, à l'œuvre, justice !...

— A la savate ! à la savate ! la justice des soldats.

Et la compagnie, saisissant Bouton dans son lit, le précipita nu sur la table de la chambrée.

Justice allait se faire.

On appelle *donner la savate*, coucher un

soldat sur la poitrine et le frapper pour le punir lorsqu'il a volé ; alors, comme pour flétrir le criminel qui a souillé son uniforme, chaque soldat prend un de ses souliers et en frappe sur les reins avec la semelle... jusqu'à ce que la chair du patient se déchire.

Cette justice que s'administrent les soldats est expressément interdite par l'autorité militaire, qui ne connaît que les répressions légales ; mais les militaires bravent la défense, et la savate s'inflige encore de nos jours au malheureux qui s'est déshonoré par un vol.

Bouton, prévenu de vol ; Bouton, qui ne voulait pas avouer d'où lui venait le bijou qu'il portait ; Bouton enfin, qui s'accusait lui-même, fut jeté sur la table, et son supplice commença... Il ne dit pas un mot, et même, lorsque les premiers coups lui furent portés, il souriait avec bonheur, de ce sourire divin que les peintres ont placé sur les lèvres des martyrs de la foi.

A peine le supplice de la savate eut-il commencé, qu'un grand cri se fit entendre... Un spectre, un être enveloppé d'un grand manteau blanc apparut tout à coup.

— Lâches! dit l'apparition, bourreaux! à genoux! c'est aux pieds de cet homme qu'est votre place!...

Ce spectre, cet homme, qui semblait sortir de la tombe, tenait à la main un glaive ensanglanté!!!

CHAPITRE XI.

Conclusion.

Pour mener à fin cette histoire, il est bon de jeter un coup d'œil en arrière; de se souvenir des aventures romanesques de Hugues de Bernard, mené dans les oubliettes par Bouton à l'aide d'un innocent mensonge; de rappeler au lecteur la visite du jeune soldat au cimetière, sa découverte de la statue de cire que renfermait la tombe de madame de Saint-Évremont, l'histoire de sa naissance racontée par le vieux Jacques, le père de Bouton, la haine vouée à ce dernier par l'adjudant Lefaure, et enfin la main de ce traître, qui, armée d'un glaive, se levait sur le sein de la pauvre marquise endormie et sans défense.

Revenons aux oubliettes, sachons si rien ne protégera madame de Saint-Évremont, si le fer d'un scélérat tranchera le fil de ses jours qu'ont respecté la douleur et les misères humaines.

Lefaure, lorsqu'il entra dans le souterrain, avait son projet bien arrêté; il avait appris que Bouton, victime qu'il avait persécutée lorsqu'il croyait tenir entre ses mains le fils de la marquise, n'était pas l'héritier de la noble famille dont il avait accaparé les biens. De plus, il avait vu le père de Bouton sortir du cachot de son fils, la nuit où Hugues alla faire sa visite au fossoyeur. Il avait suivi le vieillard et s'était introduit dans le souterrain.

Lefaure, au milieu des ténèbres, s'avança en se cachant derrière les noires tentures qui masquaient la grand'salle. Ce fut lui dont la sinistre voix se fit entendre au milieu de la conversation de Hugues et du vieux Jacques; Lefaure vit d'un coup d'œil, et avec cette perspicacité qui est trop souvent l'apanage du criminel, que tout était perdu pour lui s'il n'anéantissait à jamais les témoins de son crime.

Il demeura donc caché pendant tout le temps que dura la confession de Jacques, son vieux complice ; il entendit les cris de fureur de Hugues apprenant le secret de sa naissance et les malheurs de sa noble mère.

— Mon parti est pris, se dit Lefaure, mon bras frappera de mort cette femme ; avec elle périra à jamais la famille de Saint-Évremont.

Puis, passant sa main sur son front, le coupable ajouta, se parlant à lui-même :

— Qui l'aurait cru !... un seul homme est mon complice ; cet homme, je le fuis, après l'avoir intimidé ; pour échapper à ses yeux, je prends du service, malgré la fortune immense dont je puis disposer. Eh bien! il faut que la fatalité vienne s'asseoir à mon chevet : le régiment dans lequel je sers est envoyé en garnison à Blois, dans le lieu même où la marquise est morte pour tous, et Jacques Bouton y vient lui-même, accompagné de cette marquise, qui, échappée de la Salpêtrière en y laissant sa raison, n'en est pas moins en état de servir de preuve de mon crime!... Il y a plus : dans mon régiment, dans mon bataillon, à mon insu, existent deux soldats, l'un est le fils de mon complice, l'autre est le fils de ma victime!... Comment sortir de ce dédale d'événemens, comment faire taire à jamais les soupçons?

Et l'adjudant médita de nouveau, tremblant et la tête en feu; tout à coup il s'arrêta.

— C'en est fait, il n'y a que ce moyen!... Que la marquise meure, et jamais l'identité de son enfant ne pourra s'établir... Que Hugues dise qu'il est le fils de M. de Gardeville, je dirai le contraire; depuis dix ans que j'ai servi sous les drapeaux de M. de Gardeville, j'ai conquis sa confiance; c'est lui qui fut l'amant de la marquise, lorsque, jeune et sensible fille, elle commit son unique faute; je lui ai souvent parlé de la mort de son fils et de celle qu'il aimait. Ce camée, attaché par ce sot de Jacques au cou de l'enfant, m'a donné un démenti. Que la mère périsse, et nous verrons si quelqu'un pourra prouver la paternité.

Après avoir fait ces réflexions, Lefaure se glissa dans la ruelle du lit sur lequel reposait la pauvre marquise; il n'eut garde de se montrer lorsque Hugues et le vieux Jacques passèrent; mais, dès qu'ils eurent disparu, l'assassin sortit de sa cachette et médita de sang-froid son crime.

Il s'avança vers sa victime; elle dormait, la malheureuse, et sa bouche proférait des mots entrecoupés.

— Non... je ne suis pas marquise... ne me battez pas... Allons, je travaillerai... je balayerai... oui, oui...

— Elle rêve, dit le monstre ; que ce soit sa dernière pensée en ce monde, car pour elle va commencer l'éternité !...

Et Lefaure leva le glaive pour le plonger dans le sein de la marquise ! mais une main détourna le coup.

C'était celle du vieux Jacques.

— Enfer ! s'écria Lefaure pourpre de fureur, tu viendras donc sans cesse, vipère, te placer sous mes pas... C'est mon bon ange qui t'envoie, car au lieu d'un corps muet, j'en aurai deux !

Et Lefaure, avec une force dont lui seul était capable, saisit le père de Bouton par le cou et l'enleva de terre.

— Pas un mot, pas un cri, lui dit-il, je ne veux pas te plonger mon couteau au cœur ! Oh ! non, entre vieux camarades, ça ne se fait pas.

— Grâce, disait le bonhomme, presque étouffé par son vigoureux ennemi.

— Silence, reprenait l'adjudant, ne te démène pas ainsi, puisque je te promets que je ne te frapperai pas ; c'est clair, je pense.

— Merci de la vie que tu me laisses, dit le vieillard à moitié mort de peur, je l'emploierai à prier Dieu pour toi.

— En ce cas, tu n'auras pas le temps de faire beaucoup de patenôtres ; car, si je ne te tue pas, la faim et les pointes de fer pourront bien se charger de ton individu. Ah! vois-tu, je me charge de ta famille : j'ai laissé ton fils sous le poids d'une accusation de vol, je te laisserai exposé aux périls de la douleur la plus affreuse, de la faim : à l'un le déshonneur, à l'autre la famine; tu vois que je protége ta race, mon vieux confident.

En parlant ainsi, Lefaure avait conduit le vieux Jacques sur une petite trappe située dans un des couloirs du souterrain.

— Vois-tu, lui dit-il, c'est par là que tu vas passer... Oh! ne crains rien, d'autres plus nobles que toi y ont passé, et nul n'est revenu s'en plaindre; notre bonne reine Catherine de Médicis confiait à ce petit passage tous les téméraires dont la langue était trop longe et l'épée trop courte : c'est un excellent moyen pour s'abstenir de donner des retraites aux anciens chevaliers ; cela dégrève le budget.

Et Lefaure se mit à rire d'une façon affreuse ; on eût pris ce ricanement pour les cris de rage d'une hyène cherchant une victime à dévorer.

Parvenu à l'entrée de la trappe, Lefaure la souleva, et le vieux Jacques vit une énorme cavité, dont il était impossible de deviner le fond.

— Au secours ! s'écria-t-il, au secours ! au meurtre !

Hugues, l'œil étincelant, accourut à ce cri ; prompt comme la pensée, le jeune homme saisit l'adjudant et lui arracha l'épée qu'il portait au côté.

— Malédiction ! dit Lefaure, j'ai trop tardé !

— Mon adjudant, s'écria Hugues, vous êtes fort, mais j'ai une épée de trois pieds contre votre couteau de trois pouces, et ce vieillard m'aidera à vous tuer.

Lefaure, saisi brusquement par le bras, avait en effet lâché le vieux Bouton, au moment où celui-ci allait être lancé dans les oubliettes.

— Je conçois que tu aimerais mieux ne pas

mourir, mais nous ne t'en laisserons pas les moyens, monstre; j'ai une mère à venger; seulement je ne veux pas t'assassiner : je suis soldat, et je te donnerai la mort d'un soldat.

En prononçant ces paroles, Hugues jeta l'épée à terre et tira son couteau, qui était de la même grandeur que le fer de Lefaure.

Tout à coup, au moment où Lefaure méditait peut-être de profiter de la générosité de Hugues pour le tuer traîtreusement, un cri terrible partit du sein du souterrain, un éclair d'acier ne fit que luire un moment, un soupir long et terrifiant comme la dernière plainte d'un mourant se fit entendre!!!...

Lefaure venait de tomber frappé à mort.

C'était la marquise, la folle, qui avait reconnu son oppresseur, celui dont elle avait toujours connu la culpabilité... Madame de Saint-Évremont avait, en moins de temps qu'il n'en faut pour l'écrire, ramassé l'épée jetée à terre par son fils, et frappé son lâche tyran.

Lefaure, étendu sur le sol, perdant son sang et voyant la mort s'approcher, demanda pardon de ses crimes... Au moment de voir s'ouvrir pour lui les portes de l'éternité, il sentit la peur se glisser dans son âme, que Dieu venait d'appeler si violemment à lui.

— Du papier, de l'encre, que mon dernier souffle serve à réparer mes fautes.

Le vieux Jacques, quoique tremblant et encore sous la fiévreuse impression des événemens qui venaient d'avoir lieu, alla chercher ce qu'il fallait pour écrire, et Lefaure, soutenu à son dernier moment par ses victimes, traça les lignes suivantes :

« Madame de Saint-Évremont existe... Son
» fils est le jeune homme auquel j'ai confié
» ce billet... C'est moi qui l'ai fait déposer au
» tour sous le nom de Hugues ; il porte celui
» de Bernard à cause du jour de son abandon,
» la Saint-Bernard... Je demande à M. de
» Gardeville pardon de mes fautes... Il trou-

» vera dans ma chambre les valeurs qui re-
» présentent la fortune de celle qu'il aimait,
» qu'il aimera encore, et que j'avais fait jeter
» à la Salpêtrière pour m'approprier ses
» biens... Je meurs de la main de cette femme :
» Dieu l'a voulu ; qu'il ait pitié de mon âme.

» Alphonse LEFAURE. »

Après avoir écrit cette lettre, Lefaure se sentit plus calme. En vain Hugues et le vieux Jacques voulurent bander sa plaie ; il s'y opposa en disant :

— C'en est fait, je vais mourir.

En effet, un quart d'heure après, celui qui, dans cette triste histoire, a joué un rôle si odieux n'était plus qu'un cadavre. . . . .

. . . .

M. de Gardeville habita depuis Blois; il prit sa retraite et il y épousa celle qu'il avait aimé... Hélas! la marquise, la pauvre folle, n'a jamais recouvré la raison; elle n'a jamais reconnu l'ami de son cœur; elle ne sût jamais que Hugues de Gardeville, ce jeune homme assis à ses côtés, et qui entourait sa vieillesse de tant de soins, était son fils; elle ne se souvint même pas d'avoir frappé Lefaure... On eût dit que Dieu ne lui avait rendu un instant l'intelligence que pour frapper le criminel par la main de la victime.

L'identité de la marquise fut reconnue judiciairement. On trouva des preuves qu'elle avait été enlevée de Tours à Paris pendant un long assoupissement, et qu'elle avait été jetée à la Salpêtrière comme une vagabonde, tandis que l'on enterrait sous son nom, à Tours, une figure simulant son corps. D'ailleurs, quand même l'écrit fait par Lefaure, avant de mourir, n'eût point existé, les papiers de cet homme auraient suffi. Benoît, le soldat qui jouait l'amoureux pour s'esquiver pendant la nuit de la chambrée, les avait pris dans la chambre de l'adjudant, et les avait remis dans les mains du fidèle et facétieux Bouton.

Il est inutile de dire que l'homme qui apparut aux soldats et qui fit cesser le supplice de la savate était Hugues. Il réhabilita son ami; il raconta son généreux dévoûment;

il dit comment Bouton et son père s'étaient concertés pour l'attirer dans les oubliettes et lui donner les moyens de faire reconnaître son rang et celui de sa mère, sans crainte d'être découvert, caché qu'il était sous des habits de femme ; il peignit avec enthousiasme le courage de Bouton, s'accusant du vol de la bague pour ne pas faire tourner sur lui, Hugues, en fuite, les soupçons et les haines de Lefaure ; enfin il fit donner par toute la compagnie une ovation au jeune militaire qui n'avait pas craint d'exposer pour sa cause sa vie et son honneur.

Les oubliettes de Blois sont aujourd'hui gardées par deux sentinelles ; les issues ont été fermées pour empêcher que ces souterrains ne servent de refuge à des malfaiteurs, et l'on n'entend plus sous ces voûtes sombres que les cris rauques de quelques chauves-souris qui voltigent autour des murs.

Si vous allez vous promener près de Blois dans la belle saison, vous verrez à quelques pas de la ville un cabaret frais et coquet, peint en vert, et portant pour enseigne : *A la Bague du bonheur*. Pour connaître l'origine de cette inscription, vous n'aurez qu'à entrer ; l'aubergiste, gros garçon aux joues rosées, vous l'expliquera en vous montrant un camée qu'il porte toujours au doigt.

Cet aubergiste, qui rit toujours, qui plaisante sans cesse, c'est un fils de Bouton, établi là avec son père depuis plus de vingt années.

UN HUIT POUR UN NEUF

OU

L'ASSASSINAT DU COURRIER DE LYON.

C'était dans le jardin si vert, si parfumé de Charenton ; dans un coin se trouvait un petit homme qui ramassait des pierres et de la boue.

— Monsieur, pourriez-vous m'indiquer un malade? M. Legrand.

— Monsieur, ne m'interrompez pas... je

suis très occupé... je viens de trouver une mine de diamans; mais, de grâce, n'en parlez à personne, le gouvernement me déposséderait.

Je quittai ce pauvre aliéné et je m'avançai vers un gardien de la maison de Charenton, que je reconnus à la broderie d'argent de son gilet.

— M. Legrand, me dit-il; vous voulez voir M. Legrand? Savez-vous que ce n'est guère facile?

— Je le comprends, sa maladie...

— Est mauvaise... Parfois il lui prend des crises de folie terribles... Cependant, si vous tenez à le voir et si vous avez la patience de l'écouter, car il est assez causeur...

— Je ne l'interromprai pas, m'écriai-je; menez-moi auprès de lui.

Mon garde, me prenant par la main, me mena alors dans l'intérieur de la maison des fous. Oh! que mon cœur se serra... La folie des aliénés qui se promènent le jour au jardin n'a rien de hideux; ils sont heureux peut-être, ceux-là, ils jouent au soleil, cherchent des mines d'or au pied des rosiers en fleurs; mais si vous pouviez voir les figures pâles et livides qui essaient de voir le ciel à travers leurs barreaux, si vous pouviez contempler ces têtes échevelées, ces fronts meurtris, vous demanderiez pour eux à Dieu la paix et le repos de la tombe.

Le gardien me fit arrêter devant une loge où était écrit en caractères blancs :

FOU FURIEUX, N° 21.

Il fit tourner trois fois sa clé dans la serrure, tira deux verroux, puis nous entrâmes.

Sur un lit se trouvait couché un homme aux yeux de feu, à la bouche écumante; il paraissait sortir d'un rêve pénible, car la sueur ruisselait sur son front.

— Legrand, dit le gardien, voici un monsieur qui vient vous voir.

— Un compatriote, lui dis-je aussi, car je suis de votre pays.

— De Douai, répondit Legrand. Eh bien! que fait-on à Douai? les fêtes sont-elles toujours aussi belles? Il y a bien long-temps que je n'ai entendu le son de nos fanfares nationales.

— Le Nord, répondis-je, est plus occupé des canons du dehors que des bruits intérieurs; nos armées ont d'ailleurs enlevé une grande partie de nos jeunes gens.

— Vraiment! fit Legrand. Hélas! je ne vis plus, voyez-vous; je suis mort à la terre, moi; on m'a rayé à jamais du nombre des vivans... Oh! si vous saviez mon histoire, si vous aviez le courage de l'écouter.

— Monsieur, lui répondis-je, si le récit de vos malheurs peut être pour vous un soulagement à vos maux, je l'écouterai avec le plus grand intérêt. J'avais désiré vous voir, non dans un but de banale curiosité, mais pour rendre compte de votre intéressante position à vos nombreux amis.

— Eh bien! reprit Legrand, avant de commencer ma lugubre histoire, que je mette devant vos yeux le terrible instrument de mes malheurs.

Et il tira de dessous son oreiller un livre-journal, l'ouvrit, puis mit son doigt sur le passage suivant :

« 8 floréal.

» *Reçu du sieur Aldenax douze douzaines de pendans d'oreille.* »

— Regardez, me dit-il, ce 8 ; il a été fait après coup, il a été fait sur un 9 que j'avais précédemment tracé... Croiriez-vous que cet acte a coûté la vie à un homme de bien ?

— Est-il possible ?

— Oui, le 8 à la place du 9 a fait tomber la tête d'un innocent. Écoutez, vous saurez tout.

Le jour où j'écrivis cette réception de marchandises, j'étais bijoutier au Palais-Royal, et je me doutais fort peu que cela devait causer la mort d'un homme auquel j'avais voué une grande estime. Ce même jour j'avais passé toute la matinée avec lui, Lesurques, mon ami; ce même jour aussi, monsieur, arriva un fait épouvantable dont je vous dois le récit.

Le sieur Durochat, homme de mauvaise vie, prit une place dans la malle de Lyon à Paris, et il partit avec le courrier, n'emportant aucun paquet avec lui.

Le jour même du départ de ce courrier, quatre hommes sortaient à cheval de Paris, et se dirigeaient vers la route de Lyon; leurs noms étaient Vidal, Dubosq, Roussy et Caréol. Un sieur Bernard leur avait loué des chevaux; il était intéressé dans l'audacieux coup de main qui allait avoir lieu, bien qu'il n'y prît aucune part active. Durochat, dans la malle, faisait parler le courrier.

— N'êtes-vous pas quelquefois intimidé de voyager ainsi seul?

— Intimidé! pourquoi?

— Dame! vous portez des valeurs, de l'or; si des voleurs...

— Ne me donnez pas de ces idées-là, répondit le courrier; j'ai déjà rêvé vingt fois que j'étais tué à coups de couteau sur la route, et, quoique je ne sois pas poltron, ça ne laisse pas que de m'intimider.

Au moment où le courrier achevait ces

mots, un coup de sifflet retentit. . . . . . .

. . . .

Il était environ neuf heures du soir!... la nuit était extrêmement obscure; la voiture venait d'arriver auprès de Lieursaint. Tout à coup quatre hommes, les quatre hommes qui avaient quitté Paris avec des idées de meurtre, frappèrent le courrier.

Durochat, qui n'était autre chose qu'un voleur, et qui avait pris la place dans la malle pour aider les malfaiteurs, ses complices, s'écria:

— Pas de sang! que diable, messieurs, c'est pas de jeu; nous devions voler, mais non pas assassiner.

Roussy, l'un des assassins, voyant les scrupules de son complice, le jeta à terre et le tint en respect.

Pendant ce temps-là les trois autres malfaiteurs firent tomber le postillon qui conduisait la voiture. Celui-ci se défendit comme un lion. On lui abattit d'abord une main, puis on lui fendit le crâne d'un coup de sabre. Le courrier, homme plus faible, succomba plus tôt sous les coups des bandits; on le jeta dans l'ornière, et là on lui coupa le cou avec un couteau de poche.

Après l'accomplissement de ce forfait épouvantable, les voleurs détournèrent la malle du grand chemin; ils coupèrent la corde du paquet, s'emparèrent de tout ce qu'il y avait de plus précieux, et retournèrent à Paris, emmenant le sieur Durochat, le voyageur de la malle, avec eux; il est à remarquer que ce dernier, qui n'avait pas de cheval, ayant pris celui du postillon pour suivre les meurtriers, eut toutes les peines du monde à lui faire passer le relais de Villeneuve-Saint-Georges, où il s'arrêtait obstinément, et où réellement le pauvre animal devait s'arrêter, si son maître n'eût pas été massacré.

Ce même cheval, monté par l'assassin Roussy, fut abandonné sur le boulevart Mont-Parnasse, où il fut trouvé par un agent de police, et conduit en fourrière.

On trouva sur le théâtre du crime le corps du courrier. Il avait la tête presque séparée du trone; puis le cadavre du postillon, haché de coups et dépouillé de ses habits. Sur ce champ de carnage étaient aussi une houppelande grise, bordée d'une lisière bleue foncée, un sabre et un fourreau; la lame était ensanglantée, et portait pour devise, d'un côté : *L'honneur me conduit*; de l'autre : *Pour le soutien de ma patrie*. Plus loin, un second sabre, une gaîne de couteau et un éperon argenté à chaînons. N'oubliez pas ce dernier objet : il a une grande importance dans la fatale histoire que je vous raconte.

Les gendarmes, requis à l'instant par l'autorité, rapportèrent que la veille on avait remarqué sur la route quatre hommes, qui semblaient plutôt se promener que voyager.

Ils avaient dîné à Montgeron, à l'auberge de la dame Évrard; ils avaient pris le café à l'estaminet de la limonadière Châtelain; puis à Lieursaint, chez le cabaretier Champeaux.

D'après renseignemens pris par la police, on arrêta comme coupables de l'assassinat du courrier de Lyon :

1° Courriol, dit Étienne, ayant demeuré avec sa maîtresse chez un sieur Richard. Courriol fut arrêté, parce qu'il fut prouvé qu'il avait reconduit les quatre chevaux qui avaient servi au crime;

2° Richard, leur hôte;

3° Un sieur Golier, employé aux transports militaires;

4° Un sieur Guesno, trouvé chez Golier.

On ramena les quatre prévenus à Paris, après avoir mis les scellés sur leurs papiers. L'instruction, confiée à M. Daubanton, juge de paix de la section du Pont-Neuf, fut bientôt terminée, et elle eut pour résultat la mise en liberté immédiate des sieurs Golier et Guesno.

— C'est ici, monsieur, dit l'aliéné Legrand, c'est ici que commence une ère de malheurs affreux et de circonstances inouïes; c'est avec peine que l'on croira dans vingt ans à leur véracité; et pourtant, Dieu le sait! rien n'est plus vrai que le drame épouvantable que je cherche à retracer!

Guesno, renvoyé de la prévention, Guesno,

qui n'avait aucun crime à se reprocher, et que la fatalité seule avait compromis dans cette procédure, trouva alors Lesurques, mon ami, qu'il avait connu à Douai.

— Où allez-vous ? lui demanda Lesurques.

— Chez le juge. On m'a dit de venir chercher mes papiers, qui y étaient retenus. Vous seriez bien aimable d'y venir avec moi ; vous me serviriez de caution en cas de besoin.

Lesurques avait pour Guesno de l'estime ; il lui avait même rendu d'importans services à Douai.

— Je veux bien, répondit-il.

Tous deux entrèrent chez le juge. On les fit

attendre dans la salle d'antichambre. Là, pour leur malheur, se trouvaient deux femmes, deux servantes appelées à témoigner sur l'assassinat du courrier de Lyon.

Elles se nommaient la Santon et la Grosse-Tête; la première, domestique de l'auberge où les assassins avaient mangé; la seconde, fille de peine de l'estaminet où le café leur avait été servi.

— Grand Dieu! s'écrièrent ces femmes en apercevant Lesurques qui entrait dans la salle.

— Miséricorde! dit tout bas la Grosse-Tête, que faire?...

— Si on connaissait un assassin, et si on

taisait son nom et sa demeure à la justice, dit Santon à sa compagne, serait-ce commettre une faute?

— Je ne sais pas, dit la Grosse-Tête.

— Je le sais, moi, reprit quelqu'un derrière elles.

C'était Lesurques.

— Celui qui, ayant vu l'homme dont les mains sont homicides, ne le livre pas au juge, pour ensuite le mener au bourreau, celui-là manque à ses devoirs.

— Qu'il soit donc fait ainsi que tu le désires! s'écria alors la Grosse-Tête, en se levant d'un seul bond.

Puis, au milieu de la foule accourue au bruit de son exclamation, en présence des juges et des témoins réunis, la Grosse-Tête, fixant son doigt sur l'épaule de Lesurques lui-même, dit avec calme et conviction :

— Je reconnais cet homme : c'est l'assassin du courrier de Lyon !

Lorsque le pauvre Legrand fut arrivé à cette partie de la narration dans laquelle se trouve l'arrestation de Lesurques sur les témoignages des femmes Santon et Grosse-Tête, il versa d'abondantes larmes. Effrayé de sa douleur, j'appelai le gardien, et je lui demandai tout bas si son état n'était pas inquiétant.

— Ne craignez rien, les larmes le soulagent, me répondit-il : quand il a raconté son histoire, il est calme pendant plusieurs jours.

Peu à peu le narrateur parvint à dompter son émotion ; il me prit par la main, et dit :

— Le croiriez-vous, monsieur, Lesurques, cet homme sur le compte duquel rien n'avait pesé, Lesurques, qui avait servi avec gloire dans le régiment d'Auvergne, Lesurques, qui avait été nommé fonctionnaire public dans son district, qui avait dix mille francs de rentes, qui était généralement estimé de tout le monde, le brave Lesurques fut jeté en prison comme prévenu d'avoir assassiné le courrier de Lyon.

Moi, son intime, moi, avec lequel il avait passé toute la matinée du jour où le crime fut commis, je ne plaignais que sa position provisoire, car j'étais certain qu'il sortirait blanc comme neige de cette accusation ; en effet, mon seul témoignage suffisait pour éclairer la religion des juges.

Le jour du jugement arriva, et, chose étrange, inouïe, les témoignages suivans furent faits :

La Grosse-Tête, servante de l'aubergiste de Montgeron, jura qu'elle avait vu Lesurques raccommoder son éperon chez sa maîtresse, pendant le dîner des assassins ; elle le jura sur le Christ.

Laurent Charbault, cultivateur, avait dîné

à Montgeron en même temps que les assassins et dans la même salle. Il affirma à la justice qu'il reconnaissait Lesurques, que Lesurques assistait au repas.

La Santon, servante du café, reconnut également Lesurques.

Une terrible preuve existait contre Lesurques; on trouva chez lui un éperon exactement de même modèle que celui laissé sur le lieu où le courrier de Lyon avait été assassiné

Interrogé, Lesurques répondit avec calme qu'il avait ces éperons depuis long-temps, qu'un de ces éperons avait pu être égaré, parce qu'il ne s'en servait pas depuis plusieurs années. Il ajouta qu'il n'avait jamais connu Richard, impliqué dans cette affaire, que lors de son apprentissage à Douai, et que depuis il l'avait perdu de vue. Relativement à la carte de sûreté au nom de son cousin, il dit qu'il l'avait trouvée sur la cheminée de sa chambre. Il affirma enfin qu'à l'heure où le crime avait été commis il était chez moi, bijoutier au Palais-Royal.

Alors, monsieur, on me fit comparaître devant le tribunal; on me demanda si j'avais en effet passé la matinée avec Lesurques, l'accusé.

— Je le jure, répondis-je; il ne m'a pas quitté, il n'est sorti de chez moi qu'à deux heures, et il lui eût été impossible de se rendre sur le théâtre du crime, vu la grande distance à franchir.

Lesurques alors se leva et dit :

— Le 8 floréal, jour du crime, j'ai passé la matinée jusqu'à deux heures chez Legrand, bijoutier, comme il vient de le déclarer ; de là, je suis allé dîner chez Lesurques, mon parent, rue Montorgueil, 38 ; le soir, je suis allé me promener sur le boulevart, où j'ai rencontré le sieur Guesnie ; nous sommes entrés tous trois au café de la Comédie-Italienne, et nous y avons pris un verre de liqueur.

Malheureusement le hasard voulut qu'il eût dîné seul chez son parent ce soir-là, ce dernier étant absent de Paris. Quant à la circonstance du verre de liqueur pris, la limonadière déclara ne pas s'en souvenir.

Alors le président du tribunal, s'adressant à moi, me dit :

— Monsieur Legrand, vous affirmez sur l'honneur avoir reçu et gardé chez vous jusqu'à deux heures l'accusé? Votre déposition peut seule le sauver : mais réfléchissez qu'elle est de la plus grande gravité. Voyons, était-ce bien le 8?

— Je le déclare sur ma vie ! répondis-je.

— Comment vous le rappelez-vous?

— Par une circonstance dont l'importance n'échappera pas au tribunal, et que je rattache à ce souvenir. Le jour même du séjour de l'accusé chez moi, j'ai inscrit une fourniture qui m'a été faite par mon fabricant de bijouterie. Ainsi mon registre fera foi de la précision de ma mémoire.

— S'il en est ainsi, répondit le président, qu'on aille chercher le livre d'entrée de marchandises de M. Legrand, il nous servira de pièce justificative.

Un huissier alla quérir le registre. Oh! monsieur, quel moment de ma vie!

Le président ouvrit mon livre. O surprise! ô consternation! on aperçut une surcharge, une rature à l'endroit de la date indiquée!

d'un 9 j'avais fait un 8 !... La surcharge était grossière et frappa tous les yeux.

Alors un trait de lumière traversa mon esprit ! Je me souvins qu'en effet, par une erreur de date, j'avais commencé, en inscrivant cette réception de bijoux, à tracer un 9, et que, me reprenant immédiatement, j'en avais fait un 8, date réelle de l'opération.

Mais le coup était porté, un mouvement d'indignation s'éleva contre moi ; je fus arrêté comme faux témoin, et jeté en prison.

Ici Legrand tomba sur son lit et pleura comme un enfant ; moi-même je ne pus retenir mes larmes. Le témoignage de cet homme, cette innocente erreur de date réparée à l'instant, avait eu des résultats terribles, car je connaissais la fin de ce drame affreux.

Lesurques fut condamné à mort. Guesno fut acquitté, parce qu'il a prouvé son alibi.

— En montant sur l'échafaud, me dit Legrand, Lesurques demanda à parler : « Je suis innocent, dit-il; je jure que je n'ai jamais fait une mauvaise action; je meurs sans crainte et sans peur. Toute ma douleur provient de ce que je quitte ma femme et mes enfans !... »

Étienne Courriol et David Bernard, eux aussi, étaient condamnés à mort; ils déclarèrent en prison qu'ils ne connaissaient pas Lesurques, et qu'il n'avait jamais pris aucune part au crime dont il ignorait l'existence; ils déclarèrent qu'un nommé Duboscq était l'homme qui les avait aidés.

Déjà Courriol avait déclaré que Lesurques était innocent, mais Lesurques était riche, et les juges crurent qu'il avait corrompu ses complices à prix d'or.

Avec des recherches, dans un mois, dans une semaine, dans un jour, dans une heure peut-être, la déclaration de Courriol pouvait être justifiée. Duboscq pouvait tomber entre les mains de la justice et sauver Lesurques de la mort.

Ces réflexions se présentaient si naturellement, qu'on ne pouvait concevoir que le Corps législatif ne prolongeât pas au moins le sursis;

mais la chaleur des discussions de la loi relative aux émigrés emportait tellement tous les esprits, que le conseil des Cinq-Cents adopta froidement les conclusions du rapporteur, et le malheureux Lesurques n'eut plus qu'à se préparer à la mort.

Qu'ils furent touchans et douloureux, les derniers momens de cet infortuné! et quelle fut la désolation de cette malheureuse famille, lorsqu'elle apprit qu'il n'y avait plus d'espérance!

La veille de sa mort, la victime coupa elle-même ses cheveux, et les partagea en tresses pour les envoyer à sa femme et à ses enfans. Avant ses derniers momens, Lesurques s'occupa sans trouble de régler ses affaires, comme s'il fût arrivé au terme naturel de sa vie. Il dressa l'état de sa situation; on y lisait: « Dû huit louis au citoyen Legrand, qui n'a pas peu contribué à me faire assassiner; mais je lui pardonne de bon cœur, ainsi qu'à tous mes bourreaux. » Cet acte était intitulé: « État des dettes actives et passives de l'infor-» tuné Lesurques. »

Il écrivit à sa femme: « Quand tu liras » cette lettre, je n'existerai plus, un fer cruel » aura tranché le fil de mes jours, que je t'a-» vais consacrés avec tant de plaisir. Mais telle » est la destinée; on ne peut la fuir en aucun » cas. Je devais être assassiné juridiquement. » Ah! j'ai subi mon sort avec constance et un

» courage digne d'un homme tel que moi.
» Puis-je espérer que tu imiteras mon exem-
» ple ? Ta vie n'est point à toi, tu la dois tout
» entière à tes enfans et à ton époux, s'il te fut
» cher. C'est le seul vœu que je puisse former.

» On te remettra mes cheveux, que tu vou-
» dras bien conserver, et lorsque mes enfans
» seront grands, tu les leur partageras : c'est
» le seul héritage que je leur laisse.

» Je te dis un éternel adieu. Mon dernier
» soupir sera pour toi et mes malheureux en-
» fans. »

Cette lettre était intitulée : « A la citoyenne
» veuve Lesurques. »

Il écrivit à ses amis : « La vérité n'a pu se

» faire entendre ; je vais donc périr victime
» de l'erreur : puis-je espérer que vous con-
» serverez à mon épouse et à mes chers en-
» fans la même amitié que vous m'avez tou-
» jours témoignée, et que vous les aiderez en
» toutes circonstances ? Je remercie le citoyen
» Guinier, mon défenseur, des démarches
» qu'il a faites pour moi. Recevez tous mon
» éternel adieu. »

Prêt à sortir de la Conciergerie, il écrivit à Dubosq, à la place duquel il allait périr, et conjura ses juges de faire insérer cette lettre dans les journaux : « Vous, au lieu duquel je
» vais mourir, contentez-vous du sacrifice de
» ma vie. Si jamais vous êtes traduit en jus-
» tice, souvenez-vous de mes trois enfans cou-

» verts d'opprobre, de leur mère au déses-
» poir, et ne prolongez pas tant d'infortunes
» causées par la plus funeste ressemblance. »

Son ami, M. Bodard, étant venu le consoler dans ses derniers instans : « Mon ami, dit-il,
» tu sais si je suis né pour le crime, tu sais
» combien je suis innocent de celui qu'on
» m'impute, et cependant, dans quelques
» heures, je passerai dans l'éternité. »

Il demanda à aller au supplice avec des vêtemens blancs, monta avec calme dans la fatale voiture, et s'assit auprès de Courriol, qui, toujours fidèle à sa conscience, ne cessa sur toute sa route, et jusqu'au pied de l'échafaud, de s'écrier : — Je suis coupable, mais Lesurques est innocent. Enfin l'heure dernière arriva. L'infortuné, sans rien perdre de sa constance, monta d'un pas ferme sur l'échafaud, pardonna de nouveau à ses juges, et, tendant sa tête au fer du bourreau, alla, dans un monde meilleur, se présenter, plein de confiance, devant le seul juge qui ne soit point sujet à l'erreur.

Un an après, on arrêta Durochat, l'un des assassins; il fut exécuté, et il avoua, avant de mourir, que Lesurques était innocent, et qu'un sieur Duboscq avait commis le crime.

Trois ans après, on arrêta le sieur Duboscq, qui fut reconnu comme le meurtrier au lieu duquel l'infortuné Lesurques avait péri.

Duboscq était de la même taille que Lesurques, il lui ressemblait d'une façon étonnante, tant par la figure que par les manières et le son de la voix. La seule chose qui étonnait la justice fut que Duboscq était brun et que les témoins qui avaient fait condamner Lesurques déclarèrent que l'individu qui raccommodait son éperon dans l'auberge de Montgeron était blond.

Cette difficulté fut bientôt levée. On apprit que Duboscq s'était affublé d'une énorme perruque blonde qu'il avait quittée après l'assassinat. L'éperon fut reconnu comme lui appartenant, ainsi que le sabre sur lequel était écrit : *honneur et patrie*, et qui fut trouvé à l'endroit où le courrier de Lyon fut assassiné.

Après Duboscq, on arrêta Roisy, car il fut

prouvé qu'il avait aussi participé à l'assassinat. Duboscq mourut sans vouloir avouer qu'il était coupable, sans vouloir proclamer l'innocence de Lesurques, malgré les témoignages de la Santon, de la Grosse-Tête et de tous les témoins, qui le reconnurent parfaitement, lorsqu'il eut mis sur ses cheveux une perruque blonde ; mais Roisy, en montant sur l'échafaud, demanda à parler à la cour de justice criminelle. Il fit la déclaration suivante :

A lui demandé s'il avait connu Lesurques.

A répondu : Non.

A lui observé que sa déclaration intéresse la famille Lesurques.

A répondu qu'il persiste à déclarer qu'il ne

le connaît pas, et qu'il n'a jamais connu Lesurques.

Le temps vint apporter, monsieur, les preuves de l'innocence de Lesurques, mais il était trop tard. Ce ne fut pas l'éperon trouvé chez lui qui fut la cause de sa mort, ce ne furent pas les témoignages des gens qui le reconnurent, car, s'il eût établi un alibi comme son ami Guesno, il eût été sauvé ; ce fut moi qui devins son bourreau. Ce fut le 8 mis à la place du 9 sur mon registre, qui causa la mort du plus pur et du plus vertueux des hommes !...

Ici Legrand cessa de parler, et tomba dans une profonde mélancolie. Le gardien de la maison des fous me fit signe de sortir...

— Comment est-il devenu fou ? lui demandai-je en m'en allant.

— Depuis la mort de Lesurques, me répondit cet homme.

Je quittai la maison de Charenton, le cœur nâvré par le récit que j'avais écouté... Cet exemple de la faillibilité des jugemens humains m'avait causé une affreuse émotion... Je plaignis surtout ce Legrand, qui fut frappé de folie à la suite de son malheureux témoignage.

Aujourd'hui les maux de cet infortuné ont cessé. Dieu a rappelé à lui cette bonne créature, qui pleura toute sa vie une erreur involontaire...

UNE SŒUR DE MADAME LAFARGE.

HISTOIRE VRAIE.

Il y a un an à peine, je parcourais les montagnes vertes de la Corrèze, une canne de jonc à la main, un cigare de Manille aux lèvres, en véritable coureur de nouvelles; je venais d'assister aux lugubres débats dans lesquels madame Lafarge avait été condamnée aux travaux forcés à perpétuité, et, pour faire trêve aux noires impressions de l'audience, je m'étais empressé de jeter à la poste mon compte-rendu et de m'enfoncer dans les riantes campagnes que les blanches maisonnettes couvraient comme une guirlande de marguerites.

J'errais depuis une heure environ dans un sentier bordé de violettes parfumées et de roses sauvages, lorsqu'un cri de joie se fit entendre derrière moi.

— C'est lui, lui, notre ami !...

Étonné de cette interpellation, je me retournai avec empressement, et je vis devant moi deux frais visages dont j'avais perdu, ingrat que j'étais, le tendre souvenir.

— Sir Anthony ! m'écriai-je, toi ici !

Puis, m'avançant vers la jeune dame qui se penchait nonchalamment à son bras, je la saluai profondément.

— Votre main, me dit Pulchérie ; ne sommes-nous pas amis comme toujours ?

Je saisis cette charmante main que l'on me tendait... je portai à mes lèvres ces doigts rosés au bout desquels brillaient des ongles de nacre... Je jetai un regard de remerciement à Pulchérie, la belle épouse de sir Anthony... Dieu ! qu'elle était jolie avec ses longs cheveux flottant aux vents ; son cou de cygne était entouré par un simple ruban rouge, des épaules d'albâtre sortaient de sa robe de mousseline blanche, malgré le col de guipure qui devait les tenir captives ; ses petits pieds étaient perdus dans des souliers couleur or et noir, que la rosée du matin avait rendus humides. Elle avait un chapeau de paille qui devait garantir son front des ardeurs du soleil, mais on eût dit que la nature protestait contre ce voile qui cachait tant de grâces, car, à chaque instant, la bise l'emportait dans ses tourbillons.

— Comment! me dit sir Anthony, toi ici, toi, mon vieux camarade d'Oxford!... Toi, avec lequel je me suis boxé cent fois par honneur national, je te retrouve en ce pays, et il faut que ce soit moi qui t'offre l'hospitalité? Tu as oublié de frapper à ma porte?...

— J'ignorais, mon bon Anthony, que tu habitais la Corrèze; je te quittai à Paris, un mois après cet heureux jour qui te rendit l'époux de la plus gracieuse des femmes.

En prononçant ces paroles, je regardai Pulchérie. O surprise! mon compliment avait produit un singulier effet... Pulchérie pâlit...

— Tais-toi! malheureux! Tu ignores mon malheur! la mort!... me dit sir Anthony.

Il n'acheva pas... Je demeurai confus, ne sachant comment interpréter les signes équivoques que je remarquai dans la conduite des deux époux.

En ce moment midi vint à sonner. Nous parûmes sortir d'une profonde rêverie.

— Viens, me dit sir Anthony, viens, le déjeûner nous attend. Il y a au château une chambre d'ami ; tu l'occuperas quelques jours, je l'espère.

Puis, me parlant à l'oreille, il ajouta :

— Ce soir, quand nous serons seuls, je te dirai tout... tu connaîtras mon malheur.

Je suivis mes hôtes au château, mais je ne m'y amusai pas. Malgré l'amabilité de la charmante Pulchérie, malgré la cordiale amitié de sir Anthony, quelque chose me glaçait le cœur... c'était le repas...

Imaginez-vous que tous les mets les plus délicats étaient placés devant nous, et pourtant sir Anthony ne mangeait pas ; il regardait ce luxe gastronomique sans se sentir la moindre envie d'en jouir.

— En vérité, mon cher Anthony, tu m'étonnes, toi, le plus sybarite de nos gourmands parisiens, toi, qui demeurais quelquefois toute une heure en extase devant une poularde de Chevet ou un ananas des frères Provençaux... tu es devenu sage comme un trappiste...

— Je n'ai pas faim, murmura sourdement l'époux de Pulchérie, en baissant les yeux.

— Mange donc, mon ami, ajouta la jeune dame, d'une voix tremblante. Ce pâté est excellent, dit-on; veux-tu en goûter?

— Non, non! s'écria vivement Anthony, je me contente de ce lait que j'ai trait moi-même, et de ce pain de seigle que j'achète au premier paysan que je rencontre.

— Oh ! la bizarre manie, tu tournes à l'églogue; tu deviendras un Némorin tout pur; un baronnet anglais qui trait les vaches... Ah ! ah ! ah !

Et je partis d'un grand éclat de rire. Pulchérie semblait troublée; quant à Anthony, il me dit :

— Silence ! au nom du ciel ! pas un mot de plus sur ce sujet ! ce soir tu sauras tout...

A cette injonction, je gardai le silence et j'attendis avec impatience l'heure de ce rendez-vous dans lequel tant de bizarres révélations devaient m'être faites. A la fin il arriva;

je me rendis dans la chambre qui avait été préparée pour moi. On ne tarda pas à frapper à la porte.

C'était sir Anthony en personne.

Lorsqu'il eut fait tourner deux fois la clé dans la serrure, pour se prémunir contre tout indiscret, il se jeta dans mes bras et se mit à pleurer comme un enfant...

— Anthony, mon ami, lui dis-je, qu'as-tu ? Parle, confie-moi tes chagrins.

— Je suis le plus malheureux des hommes !

— Écoute, tu sais comment, à Paris, j'épousai Pulchérie ; elle était orpheline, fille de haute maison, sage, pauvre et belle, précieuses qualités lorsqu'elles se trouvent dans celle que l'on aime ; eh bien ! en unissant mon sort au sien, je croyais vraiment au bonheur; je ne soupçonnais pas un mystère qui m'a été révélé depuis.

— Parle. Quel mystère?

— Eh bien ! Pulchérie, la blonde et douce Pulchérie, a été élevée dans le même pensionnat que madame Lafarge, ce Machiavel en jupon, qui vient d'effrayer par son esprit notre siècle pourtant si effronté... Pulchérie et Marie Capelle ont passé ensemble les plus belles années de cette vie de jeune fille, pur miroir qui se ternit au souffle brûlant des passions ; Pulchérie et Marie Capelle ont dormi pendant trois ans l'une à côté de l'autre, elles étaient inséparables, au point qu'on ne les appelait plus que les deux sœurs.

— Cette intimité est, en effet, digne de remarque, aujourd'hui qu'une de ces jeunes filles vient d'acquérir une aussi triste célébrité; mais je ne vois là rien qui puisse justifier ton trouble, ton hypoconderie. Ami, pour les enfans de ce monde, le pensionnat est le point de départ, hommes ou femmes. C'est là que chacun recueille ses forces pour parcourir cette grande arène du monde qui se déroule à nos yeux; puis, une fois parti, une fois engagé dans ce *steeple-chase* de l'ambition humaine, nul n'est responsable de celui qui, au lieu de suivre la bonne route, s'est jeté dans le chemin de traverse.

— Mon Dieu ! s'écria Anthony, je soutiens que les femmes, ces délicates intelligences, ces sensitives sur lesquelles le moindre toucher réagit, sont comme ces fruits dorés de l'automne : quelle que soit leur beauté, si vous mettez un fruit gâté parmi elles, il gâtera tous les autres... Pulchérie est une femme perdue.

— Perdue ?

— A jamais... De même que Marie Capelle a empoisonné son mari, de même Pulchérie cherche ma mort.

— Folie, vision ! m'écriai-je ; tu es malade...

— Du tout !... Parmi les mets dont ma table est couverte, il en est un que chaque soir elle empoisonne, dans l'espoir que j'y toucherai.

— Mon pauvre Anthony! tu perds la tête.

— Plût à Dieu que je me fusse trompé, je ne serais pas réduit à me méfier d'une femme criminelle que j'aime encore... car je l'aime encore... C'est pourquoi je ne l'ai pas dénoncée à la police.

— En vérité, mon ami, dis-je à Anthony, il faut toute l'amitié que je te voue pour m'empêcher de rire aux éclats de ta frayeur. Pulchérie, la créature la plus évangélique que Dieu ait placée sur la terre pour le bonheur des hommes, elle empoisonneuse... Je ne le croirai que lorsque je l'aurai vu.

— En ce cas, ô nouveau saint Thomas! dit le baronnet, reste éveillé... La chambre de Pulchérie est près de celle-ci... tu la verras sortir à minuit, sans bruit, mystérieuse... Suis-la, et... tu pourras t'enquérir du secret de mon malheur.

En achevant ces mots, le baronnet sortit, me laissant plongé dans une profonde rêverie.

Ce titre de sœur de madame Lafarge m'avait plus ému que la voix de sir Anthony; je me retraçai volontiers les années où la condamnée courait dans les jardins du pensionnat, avec ses compagnes, rieuse, insouciante, ne sachant pas qu'au bout de sa carrière se dressait le poteau de l'infamie.

Dire combien de temps je demeurai ainsi absorbé par mes propres pensées, me serait impossible... tout ce que je sais, c'est que minuit retentit à l'horloge du village alors que j'étais encore pensif et recueilli... A ce son sinistre... je tressaillis... je prêtai l'oreille du côté où était la chambre de la belle Pulchérie.

O surprise! une porte tourna sur ses gonds... j'entr'ouvris la mienne, et je vis... le croirait-on... Pulchérie en personne, couverte d'un manteau gris, se glissant dans l'escalier.

Je résolus de la suivre... La tentative était hardie, peut-être en me montrant ferai-je fuir cette femme? et je ne saurai pas pourquoi elle court ainsi la maison la nuit?... Néanmoins, je me mis sur ses traces en retenant mon haleine et en marchant sur la pointe des pieds. Elle passa dans le salon sans s'y arrêter, enfila un escalier obscur et arriva à la cuisine... Là elle s'assit... Elle prit un des mets qui n'avaient pas été touchés la veille, et... horreur! les cheveux m'en dressent encore, tirant une boîte de son sein, elle y prit une poudre blanche dont elle saupoudra le ragoût destiné au repas du lendemain!

Alors, je l'avoue, je n'eus plus de doute... Malheureux sir Anthony... épouser une empoisonneuse!... être exposé à mourir chaque jour, et avoir assez d'amour pour ne pas dénoncer l'assassin. Il n'y a qu'un Anglais qui soit capable d'un semblable dévoûment.

Alors je me souvins de l'obstination de sir Anthony à ne goûter aucun des mets servis au dîner de la veille; il ne mangeait depuis long-temps que du lait et du pain bis... Mais moi, moi j'avais mangé, imprudent convive, de tous les plats!... et le poison!... le poison! mal subtil, coulait déjà dans mes veines... Pour sauver ma vie, un seul instant me restait.

Je m'élançai, prompt comme la pensée, sur celle que l'on appelait la sœur de madame Lafarge, je la saisis par le bras.

Je m'attendais à la voir tomber à mes pieds, à l'entendre demander à genoux grâce et silence... A mon grand étonnement, il n'en fut rien; et, bien qu'elle eût encore de cette épouvantable poudre blanche au bout des doigts, elle me dit en souriant avec un très grand calme :

— Mon cher monsieur, vous avez une manière de surprendre votre monde capable de faire peur aux dames ; heureusement que je suis aguerrie. Ah ça ! que venez-vous faire à l'office à pareille heure ?

— C'est à moi, femme criminelle, m'écriai-je, qu'il appartient de faire cette demande ; vous êtes bien celle qui fut nommée dans sa jeunesse la sœur de Marie Capelle !

— Oui, et plût à Dieu qu'elle ne m'eût jamais quittée, elle serait encore aujourd'hui l'innocente jeune fille de ces temps-là.

— Innocente ! m'écriai-je de toutes mes forces ; vous, professeur d'innocence, vous qui empoisonnez ici votre mari !

Pulchérie tressaillit, et dit :

— Vous savez donc ?

— Oui, je le sais, continuai-je de plus en plus agité par l'instinct de ma propre conservation ; je sais tout : je sais que chaque nuit l'arsenic est mis par vos mains sur l'un des mets qui doivent figurer au repas prochain ; je sais que votre époux a échappé à la mort en ne mangeant que du lait et du pain bis.

— C'est vrai ; s'il eût mangé autre chose, il était perdu.

— Et vous l'avouez !... devant moi, qui suis empoisonné peut-être.

— Mon pauvre ami, dit Pulchérie, en me montrant toutes ses dents dans un même sourire, vous vous portez très bien, je vous jure ; soyez sans inquiétude...

Le ton de sincérité avec lequel Pulchérie fit cette déclaration, on ne peut plus consolante pour moi, m'ôta une montagne de la poitrine... Je songeai alors que j'avais pu ne pas manger du plat empoisonné... Le hasard m'avait sans doute servi, ou, chose plus probable, la sœur de Marie Capelle avait écarté de moi à dessein le fatal ragoût.

— Merci de cette déclaration ! dis-je après

une pause; mais pour moi cela ne suffit pas... Mon ami, votre époux, celui qui vous aime tant... nierez-vous que s'il mangeait de ces mets où votre main perfide a semé une poudre fatale, il mourrait?

— Je ne le nie pas : s'il en touchait, ce serait fait de lui.

— Seigneur! Quel cynisme!... Elle l'avoue!

— Il y a plus; s'il mangeait de tout autre mets, il périrait également : tout est ici du poison pour lui.

A cette déclaration, je me sentis frappé de stupeur et d'épouvante. Pulchérie me prit la main et me dit :

— Écoutez, je vous dois la vérité entière; écoutez, et vous me jugerez après, et vous me blâmerez ensuite si vous vous en sentez le courage. Peu de temps après mon mariage avec sir Anthony, votre ami, ses médecins me firent une terrible confidence : il était atteint d'une gastro-entérite très violente... L'estomac était vivement attaqué, le malade était en danger de mort, sans s'en douter.

— Serait-il possible!

— Oui; de plus, les hommes de l'art me prévinrent que si sir Anthony apprenait qu'il était réellement malade, il courait également de grands dangers. « Impressionnable comme il l'est, ajoutèrent-ils, son moral affaiblira le physique, et un trépas prématuré sera le résultat de cette inconséquence. Il fallait, dirent-ils enfin, que votre ami fût réduit à un régime très sévère, qu'il se privât volontairement, et cela pendant six mois, de toutes espèces de viandes et de breuvages autres que du lait... » Et ce régime, il devait le suivre, sans pour cela se croire malade.

— Quelles difficultés à vaincre, madame!

— La sœur de madame Lafarge les a vaincues, reprit Pulchérie en me serrant la main. Pour le soumettre à ce régime terrible, j'ai fait entrer dans son esprit des craintes chimériques... En lui racontant mon intimité avec l'infortunée Marie Capelle, j'ai donné le champ libre à son imagination; de plus, à l'aide de quelques domestiques devoués, et me levant chaque nuit pour verser de la poudre de gomme sur l'un des mets du garde-manger, je me suis fait auprès de lui une réputation de Brinvilliers au petit pied.

— Et quel en a été le profit ?

— Vous me le demandez ? Il y a cinq mois que mon époux n'a osé manger autre chose que du pain et du lait.

— Madame, vous êtes un ange ! m'écriai-je en me jetant à ses pieds.

— Silence et adieu ! me dit-elle ; pas un mot sur tout ceci, au moins ; il reste encore un mois de diète ; en désabusant notre malade, vous lui porteriez un coup funeste.

Je me couchai vivement ému. Et le lendemain, lorsque sir Anthony me questionna, je ne répondis que par un soupir.

— Tu le vois, je ne m'étais pas trompé, dit-il.

— Comment, lui demandai-je, avec ton esprit impressionnable, peux-tu vivre avec une femme qui attente à tes jours?

— C'est une faiblesse que je ne m'explique pas ; je l'aime, vois-tu, et puis elle a vraiment, entre nous soit dit, si peu l'air d'une empoisonneuse, que je me fais quelquefois illusion... C'est égal, je suis bien malheureux !

Deux jours après, je le quittai. En me serrant la main, il me dit :

— Prie pour moi que Dieu me donne un avenir meilleur !

— Ami, lui répondis-je, avant un an, je te reverrai heureux et fier de ta femme.

Et je partis, le laissant deviner à son gré le sens de mes paroles. . . . .

Il y a huit jours, dans une loge des Variétés, je me trouvai derrière un couple qui riait de tout cœur aux adorables bêtises de Brunet. La joie brillait dans leurs yeux, leurs bras étaient amoureusement entrelacés, leurs mains se cherchaient pour ne pas se quitter.

— Madame, dis-je en m'adressant à ma voisine, à ce qu'il paraît, les gens que vous tuez se portent bien.

A peine eus-je fini ces mots, que les deux gens m'embrassèrent avec effusion.

C'était sir Anthony et sa femme.

— Eh bien ! victime, dis-je au baronnet, ce poison ? cette sœur de madame Lafarge qui avait rapporté du pensionnat le secret de l'arsenic avec l'art de s'en servir, parle, hypocondriaque, comment t'en trouves-tu ?

— Mon ami, répondit sir Anthony en regardant sa femme, je suis l'homme le plus heureux du monde.

LE GRENIER DU DIABLE.

SOUVENIR MUSICAL.

Il y a quelques années, un monsieur fort bien mis se présenta devant le concierge d'une maison située à Paris, près de la Madeleine.

— Monsieur, dit l'inconnu, il y a des locaux disponibles ici?

— Oui, monsieur, répondit le portier en

ôtant sa casquette de loutre, à la vue du ruban rouge dont la boutonnière de son interlocuteur était ornée.

— Voulez-vous me les montrer ?

— Nous avons d'abord le premier étage, un endroit superbe, des papiers du dernier genre et des cheminées à l'anglaise.

— Ce n'est pas cela, interrompit l'inconnu.

— Bon ! je vois ce que désire monsieur, c'est le local du troisième, un endroit fort commode, ma foi, quatre pièce et une cuisine ; il y a un mois à peine que c'était habité par un député.

— Ah ! monsieur, s'écria l'étranger, étourdi

par la volubilité du concierge, il ne s'agit pas de cela ; je ne veux ni premier ni troisième étage... Je veux louer le grenier.

— Le grenier ! dit le portier stupéfait.

— Oui, le grenier... Cela vous étonne ?

— Non, monsieur, mais il n'est guère habitable... D'abord, tous les vents s'y donnent rendez-vous ; c'est un nid de rhumes de poitrine.

— Ça m'est égal ; combien me louera-t-on ce grenier ?

— Si vous le voulez absolument, on vous le louera cent francs par an ; mais, pour une personne comme il faut, il me semble...

— Je n'ai pas le temps de m'occuper de ce qu'il vous semble ; faites-le balayer de suite, je vais immédiatement en prendre possession.

En disant ces mots, le mystérieux locataire jeta un louis au concierge stupéfait ; puis, à la grande surprise de ce dernier, il monta dans un élégant équipage qui l'attendait à la porte.

— Ça me paraît très louche, dit le concierge à sa femme ; un homme du grand genre qui se loge sous les toits... C'est quelque filou peut-être...

— Qu'est-ce que ça te fait ? répondit l'épouse du Cerbère ; pourvu qu'il paie, ça ne nous regarde pas.

Le grenier fut balayé... on enleva les toiles d'araignée qui couvraient les murs ; on nettoya les carreaux de l'unique fenêtre qui s'y trouvait ; enfin on rendit la mansarde louée aussi habitable que faire se pouvait.

Quelques heures après, l'étranger revint... Il était suivi d'un commissionnaire portant sur ses crochets un coffre en ébène... Ce coffre noir était de forme bizarre, il avait l'air d'un cercueil !...

Le commissionnaire monta son fardeau à la mansarde, puis il s'en retourna.

— Qu'est-ce qu'il y a dans cette malle noire de ce monsieur ? lui demanda le portier, au moment où il passait devant sa loge.

— Je ne sais pas ; tout ce que je sais, c'est que c'était diablement lourd.

Et l'homme de peine sortit de la maison, sans vouloir donner de plus amples informations.

— Si c'était quelque corps mort, se dit la portière ; oh ! ce n'est pas possible.

— Bah ! reprit le mari, oui, c'en est un ; pourquoi qu'un monsieur à équipage louerait-il un grenier, si ce n'est pour y cacher quelque chose de lugubre ?...

Notre portier n'avait pas encore achevé sa phrase que déjà l'inconnu était à la porte.

— Je ne veux recevoir ici qu'un seul

homme ; vous le reconnaîtrez ; c'est un grand garçon bien portant, mais dont la figure est assez sinistre... Il a l'air un peu dur.

— Mais, monsieur, donnez-nous son nom.

— Pas du tout, il ne veut pas que l'on sache qu'il vient ici travailler avec moi...

— Alors, comment ferons-nous pour le distinguer des auteurs visiteurs qui peuvent arriver ?

— Par les mots qu'il vous dira.

— Et que dira-t-il ?

— Il dira : *Je viens pour le Diable.*

Les gardiens de la maison sautèrent sur

leurs chaises à ce singulier mot d'ordre; l'étranger remonta à son grenier.

Le même jour, le visiteur annoncé se présenta. C'était, en effet, un être doué d'une très sombre physionomie. De larges sourcils noirs et des yeux pleins d'un feu extraordinaire donnaient à son visage un caractère tout à fait fantastique.

— Pour le Diable, s'écria-t-il.

— Montez, lui répondit-on, monsieur est chez lui.

Les jours suivans, le même individu se présenta et monta chez le mystérieux locataire. Leur réunion durait une grande partie de la journée; et ils chantaient ensemble des chansons impies. Vers cinq heures seulement, tous deux sortaient pour ne revenir que le lendemain.

Ce manége dura un mois. A cette époque, les portiers intrigués résolurent d'apprendre à tout prix ce que les deux amis pouvaient faire de ce coffre noir avec lequel ils s'enfermaient pendant des heures entières. Disons comment le concierge s'y prit. Il alla se poster à la porte de la mansarde et colla son oreille à la serrure. Voici ce qu'il entendit :

— Allons, du courage, disait le locataire.

— Vous en parlez bien aisément, répliquait l'homme au mot d'ordre, croyez-vous qu'on puisse jouer le Diable comme on veut...

— C'est difficile, mais c'est possible.

— Je ne pourrai jamais faire Lucifer avec ce moyen-là.

— Mon Dieu ! se dit le portier, quels scélérats, ils ont fait un pacte avec Satan !!!

— Mon cher ami, observa le locataire à son interlocuteur, le rôle que vous allez remplir est plus beau que vous ne pensez... Vous ferez sortir les morts du tombeau.

— Sainte Vierge, quelle horreur ! exclama le portier tremblant.

— Vous ferez un sublime appel à Satan et

à ses suppôts, tous les diables répondront à votre voix.

— Jésus, prenez pitié de mon âme! hurla le concierge terrifié, en descendant les escaliers dans une agitation extrême... Je m'en vais tout dire au commissaire.

Et, s'élançant dans la rue, il courut chez l'officier de paix, où il raconta l'arrivée de l'inconnu, les détails relatifs à son coffre noir, et la conversation qu'il avait tenue avec son complice.

Aussitôt la police se présenta au grenier infernal; les deux conspirateurs entendirent ces mots sacramentels : *Ouvrez, au nom du roi!*

Ils ouvrirent... Le commissaire de police demanda d'abord au locataire son nom ?

— Giacomo Meyerbeer, répondit celui-ci en souriant.

— Et le vôtre, demanda le commissaire au visiteur qui avait tant intrigué le curieux concierge ?

— Levasseur, première basse-chantante à l'Opéra, pour vous servir, monsieur le commissaire, si j'en étais capable.

— On vous accuse, monsieur, de sortilége, dit l'officier de paix en ôtant son chapeau avec déférence ; j'ai peu cru à cette affirmation de votre concierge, mais j'avais pensé que cet humble logis pouvait être habité par des malfaiteurs, beaucoup plus à craindre que les sorciers dans le siècle où nous vivons. Vos noms suffisent pour me démontrer mon erreur.

Et le commissaire allait se retirer.

— Mais ce monsieur, dit le concierge en montrant Levasseur, pourquoi disait-il qu'il venait pour le Diable ? pourquoi son ami disait-il qu'il devait invoquer le démon, et, en dernier lieu, que contient ce coffre noir ?

Pour toute réponse, Meyerbeer ouvrit le coffre... Il contenait toute une partition... Cent cahiers y étaient rangés par ordre... sur ces cahiers on lisait en gros caractères : *Robert-le-Diable.*

— J'ai loué ce grenier, dit le compositeur, pour pouvoir faire répéter à M. Levasseur le rôle infernal de Bertram, qu'il doit jouer dans mon opéra. Je l'ai loué, parce que je ne pouvais me livrer à des études musicales à l'*Hôtel des Princes*, où je suis logé. Comme je ne voulais recevoir que M. Levasseur, et que nous tenions tous deux à garder ici le plus strict incognito, un mot d'ordre a été inventé par M. Levasseur. Il devait dire au concierge : *Je viens pour le Diable.*

— Eh bien !... dit le portier qui commençait à comprendre.

— Il y venait bien, en effet, répliqua le maestro, pour le Diable, puisque c'est là le rôle que je lui fais repasser depuis six semaines devant moi.

On juge de la confusion du portier et des excuses du commissaire de police. Mais ces marques extérieures ne suffirent pas à M. Meyerbeer et à M. Levasseur, ils se vengèrent de tous deux d'une façon éclatante.

Quinze jours plus tard, lecteur, vous auriez pu voir, dans deux loges séparées, M. le commissaire et le portier dénonciateur, assistant à la première représentation de *Bobert-le-Diable*, ce chef-d'œuvre du compositeur allemand.

L'officier de paix fit amende honorable en mêlant ses bravos aux tonnerres d'applaudissemens dont le public salua l'œuvre nouvelle.

Quant au portier, il ne dit pas un mot... n'articula pas une syllabe... Seulement, après la scène de l'invocation au troisième acte, on l'entendit marmotter entre ses dents, en regardant Levasseur :

— Il ne m'est pas démontré que cet homme ne soit pas le diable !...

LA MALLE DU TRAGÉDIEN.

Par un beau jour d'été de 1812, un gros monsieur, fort important, si l'on en jugeait par son apparence, se promenait avec agitation devant la porte d'une auberge de Naples ; de temps en temps il portait la main à son front avec désespoir ; on eût dit qu'il cherchait à en tirer une idée salutaire.

— Malheur ! malheur ! s'écriait-il ; rester

en chemin, ne pas faire honneur à ses engagemens, c'est terrible, c'est affreux !

— Qu'avez-vous donc ? père Benevolo, dit l'hôtesse; pourquoi vous tourmenter ainsi ?

— Pourquoi ? Vous me demandez pourquoi ?... Mais vous ne le savez donc pas ? il faut que je sois après-demain à Salerne, pour y jouer la tragédie.

— Eh bien ! père Benevolo.

— Eh bien ! j'ai une troupe superbe, une princesse magnifique avec des yeux comme deux diamans noirs, et une voix ravissante pour laisser tomber de deux lèvres de rose les vers harmonieux des poëtes.

— En ce cas, pourquoi vous plaindre?

— J'ai aussi, reprit Benevolo, un comique admirable, une figure affreuse, grimacière à ravir : c'est Héraclite et Démocrite dans un même corps...

— Alors, dit encore l'hôtesse, pourquoi cette tristesse?

— Ah! c'est qu'il me manque un sujet essentiel, que je ne puis trouver, la pierre d'achoppement du répertoire; il me manque un premier sujet, un tragédien.

— Diable! s'écria l'hôtesse, voilà qui est fâcheux.

— D'autant plus fâcheux, que ma combinaison se trouve détruite; adieu mes représentations de Salerne, adieu mes ducats d'or que j'avais vus en rêve!...

Et le pauvre directeur prenait sa tête brûlante entre ses mains.

— Écoutez, dit l'hôtesse, dont les yeux brillèrent tout à coup du feu de la joie, père Benevolo, je vous estime, je désire vous voir réussir, je vais vous donner votre affaire!

— Mon tragédien?

— Votre tragédien; un jeune homme de cette ville, qui a fui sa famille pour devenir acteur, et qui ne demande que le poignard tragique pour faire sa réputation et la fortune de ses directeurs.

— Oh ! quel bonheur, bonne sainte Vierge, vous me protégez donc ! Amenez votre jeune homme au plus vite, on pourrait me l'enlever peut-être...

L'avis de Benevolo était inutile ; sa protectrice avait disparu. Elle revint bientôt, tenant un gros garçon par la main.

— Tenez, voilà votre homme.

— Un enfant... dit piteusement le directeur, en regardant l'enfant joufflu qui aspirait à représenter les empereurs de Rome et les tribuns des républiques italiennes.

— Un enfant qui fera son chemin, répliqua la bonne femme d'un ton un peu piqué... Tenez, regardez-le un peu, voyez cette pose, voyez ces gestes, ce regard...

En effet, le petit bonhomme s'était mis à réciter quelques vers tragiques du Dante, en se drapant fort convenablement avec les pans un peu râpés de sa redingote.

— Bravo, bravo, bravissimo ! s'écrie Benevolo, vous serez admirable dans *Otello*, vous ferez un Maure superbe quand on vous aura ciré à l'œuf; touchez là, mon gaillard, je vous emmène comme chef d'emploi; je paie vos frais de voyage, et de plus, avant votre début, voici vingt ducats d'or pour votre monnaie de poche; ça vous va-t-il ?

— Considérablement, dit l'enfant.

— Comment vous appelez-vous ?

— Luidgi.

— Luidgi ? quoi ?

— Luidgi tout court, répondit l'hôtesse ; cet enfant a des raisons pour ne pas dire son nom de famille, car on pourrait le faire rentrer au bercail...

— Et la brebis égarée ne s'en soucie pas, ajouta Benevolo en souriant. En ce cas, faisons nos paquets et partons ; je vais placer mon premier tragique sur un mulet, il trottera à nos côtés.

Une heure après, Benevolo, le jeune Luidgi

et toute la troupe de drame avaient quitté la ville.

Le directeur, à son arrivée à Salerne, fit annoncer partout que le jeune tragédien Luidgi allait paraître dans un rôle important du répertoire ; il le présenta tout d'abord au public comme un phénomène curieux par son talent et son âge des plus tendres. Le résultat de cette habile manœuvre préparatoire ne fut pas décevant... Une foule immense se pressa dans la salle de spectacle le soir de l'ouverture. Déjà Benevolo se frottait les mains ; déjà Luidgi, affublé dans un costume moyen-âge, s'essayait, derrière le rideau, à se poser à la manière impérative et fière des empereurs de Rome. Déjà le caissier de la troupe empilait les écus de la recette... Tout était joie présente et joie à venir... Mais, hélas! que de déceptions en ce monde! le destin souffla sur ce château de cartes et fit crouler tout l'édifice. Six sbires entrèrent en scène avec le débutant et l'appréhendèrent au corps, en vertu d'un ordre de S. M. Joachim Murat, roi de Naples... Ils agissaient au nom de la famille Luidgi, et avaient mission de ramener le vagabond au Conservatoire de musique, où il étudiait, avant sa fuite, sous la savante direction du maestro Marcello Pervino.

— Seigneur! Seigneur! un si beau tragédien contrarié dans sa vocation, s'écria Benevolo.

— Ne pleurez pas, mon brave ami, lui dit

Luidgi en lui serrant la main, je prendrai ma revanche; je serai tragédien malgré eux.

— Et ma recette perdue!

— Je vous tiendrai compte de tout ceci, continua l'enfant, qui se débattait sous les mains des alguazils.

— Et mes déboursés pour votre monnaie de poche?

— Je vous les rendrai en ce monde, ce qui n'empêchera pas que Dieu ne vous en tienne compte dans l'autre.

Les gens de l'autorité entraînèrent le pauvre élève tragique.

— Au moins, se dit en souriant dans sa barbe Benevolo, je n'ai pas tout perdu... ils n'ont pas tout pris... le petit m'a laissé sa malle...

En effet, Luidgi avait oublié un coffre assez grand et fort lourd... Le directeur en brisa la serrure, espérant que le contenu l'indemniserait de ses frais. O malheur ! la malle n'était remplie que de sable...

Luidgi, qui avait compris de suite les misères de l'artiste débutant, l'avait prise pour se donner un maintien respectable dans les auberges...

Le directeur lui écrivit de Salerne : « Vous » êtes un coquin... Vous avez laissé en mes

» mains un objet sans valeur... Il vous restera
» un remords sur la conscience... et, ce qui
» me fait le plus de peine... vous ne serez pas
» tragédien...

» BENEVOLO. »

Luidgi lui répondit avec le même laconisme :
« Vous êtes un sot... Gardez l'objet tel qu'il
» est... je vous le rachèterai avant dix ans
» vingt fois l'argent que j'ai reçu de vous... et
» cela en jouant la tragédie.

» LUIDGI. »

. . . .

Dix ans, vingt ans se passèrent, et Benevolo
ne reçut aucune nouvelle de son élève, et un
jour... il finit par n'y plus songer.

— L'enfant m'aura oublié, se dit-il, d'autant mieux qu'il a manqué à la première partie de sa promesse d'une façon fort ostensible... Il chante l'opéra au lieu de jouer la tragédie... Quelle folie !

Un jour, pourtant, il y a cinq ans de cela, Benevolo, qui vivait modestement retiré dans un grenier de Naples, reçut les lignes suivantes :

« Venez me voir tout de suite, mon vieux ;
» apportez la malle pleine de sable, je vous
» la paierai : voici cinq cents francs pour vos
» frais de route.

» LUIDGI,

» Rue Richelieu, 102, à Paris. »

Benevolo faillit en devenir fou... Il ne fit aucun paquet, n'emporta que la malle réclamée, et, quelques jours après, il arrivait à Paris, où son ancien comédien le serrait dans ses bras.

— Tenez, mon vieil ami, lui dit Luidgi, qui était devenu d'une énorme rotondité, prenez ce contrat de rente de douze cents francs; c'est la rançon de ma malle de Salerne.

— Tant d'argent, mon cher, dit l'ex-directeur; mais je n'ose...

— Prenez toujours; ma fortune s'est accrue avec mon embonpoint...

— Eh bien! reprit Benevolo, je suis très

heureux, Luidgi ; mais une seule chose me peine, c'est que vous soyez chanteur, au lieu d'être tragédien, comme vous me l'aviez promis. Que voulez-vous... c'est une faiblesse que vous pardonnerez au vieux comédien.

— Croyez-vous donc que je n'ai pas tenu parole ?

— Sans doute.

— Eh bien ! voilà un billet du Théâtre-Italien. Allez-y ce soir, vous m'y verrez, et... nous souperons ensuite.

Le soir même, Benevolo était aux Bouffes, dans une stalle, fou, éperdu, écumant de plaisir... Luidgi jouait le rôle du doge dans

Otello. A l'endroit où le doge maudit sa fille, Benevolo jeta un grand cri... Toute son admiration avait passé dans sa voix...

Après le spectacle, Benevolo, tremblant et agité par la fièvre, attendit Luidgi à la sortie du théâtre.

— Eh bien ! dit le chanteur.

L'ex-directeur se jeta en sanglotant dans ses bras, et, le serrant sur sa poitrines, ne put que lui dire ce mot : — *Tragico... oh ! tragico...*

. . . .

Ce même soir, Benevolo, en tenant la main de Luidgi, lui dit :

— Ami, jusqu'à ce jour je me suis peu enquis de ton nom de famille ; mais maintenant que tu es un artiste célèbre, je veux le répéter à mes amis d'Italie : dis-le-moi, pour que j'y pense à mon dernier soupir... Ce nom, quel est-il ?

— Lablache ! reprit le chanteur avec émotion.

ANNE DE BOLEYN.

MÉMOIRES ANECDOTIQUES ET INÉDITS

DES REINES D'ANGLETERRE.

Imité de l'anglais de miss Agnès Strickland.

1512—1536.

Dans le comté de Norfolk, on montrait encore le lieu où naquit Anne de Boleyn : c'était le château de Blerkling. On voyait la chambre où elle vint au monde, que les domestiques regardaient comme un lieu hanté, appelé le *Vieux-Boleyn*. Il y avait sur l'escalier deux gigantesques statues d'Anne de Boleyn et de sa fille, la reine Élisabeth. A côté d'elles, Gog et Magog, les deux géans de la Tour de Londres, ne sont que des nains.

Après la mort de sa mère, qui eut lieu en 1512, Anne de Boleyn revint au château d'Hever, sous la garde d'une gouvernante française, nommée Simonette. C'est elle qui lui apprit les travaux d'aiguille, la musique et les lettres. Pendant que son père, sir Thomas Boleyn (1), était à la cour, Anne correspondait avec lui en anglais et même en français. Ses talens la rendaient propre à être dame d'honneur de la princesse Marie Tudor, sœur du roi, lorsqu'elle fut fiancée au roi Louis XII de France, en septembre 1513. Voici la lettre qu'elle écrivit, en français, à son père, à

(1) Ancien ambassadeur de Henri VIII en France.

l'occasion de la nouvelle de sa prochaine présentation :

« Monsieur,

» Je vois par votre lettre que vous désirez que je paraisse à la cour — d'une façon convenable à une femme comme il faut, et que la reine veut bien converser avec moi ; — cela me ravit, car je pense que converser avec une princesse si spirituelle et si élégante me fera désirer encore davantage de parler et d'écrire en bon français. Je vous supplie, monsieur, d'excuser mon écriture si elle est défectueuse, car l'orthographe est entièrement de ma tête, tandis que mes autres lettres n'étaient que l'œuvre de mes mains. Simonette m'a, cette fois, laissé faire toute seule, afin que personne ne sache ce que je vous écris.

« Fait à Hever, par

« Votre très humble et obéissante fille.

« ANNE DE BOLEYN (1). »

La belle Anne remplit son emploi auprès de la princesse Marie, lors de son mariage avec Louis XII, qui eut lieu à Greenwich, le 13 août 1514; le duc de Longueville était le représentant de son souverain. Le mois suivant, elle accompagna sa maîtresse à Douvres, où le roi quitta sa sœur, et elles s'embarquèrent avec la suite, à quatre heures du matin, le 2 octobre.

(1) L'original de cette lettre a été conservé dans la collection de l'archevêque Parker.

Quand la princesse, reine de France, arriva à Boulogne, elle était, ainsi que ses demoiselles d'honneur, toute mouillée par la tempête qui avait retardé leur arrivée. — Le palefroi de Marie était garni de drap d'or ; ses demoiselles d'honneur étaient vêtues de velours écarlate, costume qui, pour Anne, allait admirablement à ses yeux noirs et à sa brune physionomie.

Après le mariage de Marie avec Louis XII, qui eut lieu dans l'église d'Abbeville, le jour de la Saint-Denis, toutes les dames anglaises furent renvoyées, à l'exception d'Anne de Boleyn. Cette préférence était due sans doute à sa connaissance parfaite de la langue française.

Quand, à la mort du roi de France, Marie retourna en Angleterre, Anne de Boleyn demeura en France : elle entra au service de la femme de François Ier, la reine Claude. Cette princesse, qui était une aimable et excellente femme, remit en vigueur les règles morales et la sévère étiquette de sa mère, la reine Anne de Bretagne; aussi, sous sa surveillance, la *coquetterie* d'Anne de Boleyn fut-elle fort empêchée, car la société des hommes était expressément interdite aux filles d'honneur. Voici du reste ce que dit d'Anne de Boleyn le vicomte de Châteaubriand, l'un des gentilshommes de la cour de François Ier. Nous empruntons cet extrait au manuscrit de M. Jacob, le savant bibliophile octogénaire de Paris, qui dit que les Mémoires inédits du vicomte de Châteaubriand *sont trop hardis pour voir le jour* (1).

« Elle possédait un grand talent pour la poésie, et quand elle chantait, elle eût rendu les loups et les ours attentifs. Elle dansait également avec une grâce et une agilité infinies les danses anglaises. De plus, elle inventa plusieurs pas et figures qui ont depuis porté son nom et celui de ses partners. Elle excellait dans tous les jeux fashionables des cours, chantait comme une sirène, et jouait de la harpe comme le roi David... elle maniait fort gentiment flûte et rebec (2). Elle s'habil-

(1) Mistress Strickland fait ici une erreur bien excusable pour une étrangère. Elle prend le bibliophile Jacob pour *un octogénaire*, tandis que c'est au contraire un jeune écrivain, dont le véritable nom est Paul Lacroix.

(2) Le rebec était un petit violon à trois cordes.

lait avec un goût merveilleux et donnait des modes nouvelles qui étaient suivies par les dames les plus belles de la cour de France, mais aucune d'elles ne leur donnait sa grâce... car elle rivalisait avec Vénus !... »

Les chroniqueurs français ont conservé la description du costume adopté par Anne de Boleyn à la cour de François Ier :

CAPPE OU BOURRELET en velours bleu à festons terminés par une clochette d'or.

SPENCER OU VESTE de velours bleu étoilé d'argent.

SURTOUT OU PELISSE de soie blanche doublée de martre, avec de grandes manches couvrant les mains.

BRODEQUINS de velours bleu, ornés d'une étoile en diamant aux boucles.

CHEVEUX tombant en boucles, sommet de la tête orné d'auréole de gaze dorée.

Anne de Boleyn fut présente à la cérémonie du camp du Drap d'Or.

Voici son portrait : Elle était grande et mince ; sa figure était ovale ; ses cheveux noirs ; une de ses dents supérieures était en saillie. Elle avait des prédispositions aux asthmes. Sur sa main gauche elle avait un *sixième doigt* (1) !... Elle avait un signe qui ressemblait à une fraise au dessus du cou, qu'elle

(1) C'est peut-être pour cela qu'elle portait, comme on l'a vu, des manches larges.

sagement sous un ruban, dont elle avait fait venir la mode. — Ses traits et sa taille étaient du reste d'une grande régularité (1).

Anne de Boleyn revint en Angleterre, pour son malheur, et fut nommée dame d'honneur de la reine. Elle y aima lord Henry Percy et en fut aimée. Ce fut à l'occasion de cet amour que l'inclination de Henri VIII pour sa fille d'honneur se décela. Le jeune Percy fut réprimandé, et ainsi finirent ces amours qui eussent peut-être rendu heureuse la pauvre Anne.

Lors de cet empêchement aux amours de Percy, Henri VIII renvoya, de colère, Anne de Boleyn de la cour.

(1) Sanders.

Cependant l'amour du roi était profond. Il se rendit à la résidence de la belle fille d'honneur, en 1527, et il lui avoua son amour.

Alors elle tomba à ses genoux.

— Noble et digne souverain, lui dit-elle, je pense que vous parlez pour rire, sans intention de m'avilir ! Je perdrais plutôt la vie que ma vertu.

Henri insista.

— Ne conservez point d'espoir, répondit Anne agenouillée. Je ne puis être votre femme, d'abord à cause de mon indignité, puis parce que vous avez déjà une reine. Votre maîtresse! je ne la serai jamais (1) !

(1) Sloane, MSS. 2495, page 197.

Le Barbe-Bleue royal ne se tint pas pour battu. Voici ce qu'il écrivait à Anne de Boleyn :

« A ma maîtresse,

« Comme le temps me semble très long quand je n'entends pas parler de vous, le grand amour que j'ai pour vous m'oblige à vous envoyer le porteur de celle-ci pour m'informer de votre santé et de votre bon plaisir. Depuis mon dernier départ, il m'a été dit que vous aviez changé d'avis et que vous ne vouliez venir à la cour ni avec votre belle-mère ni de toute autre façon ; cela m'étonne, sachant que je ne vous ai jamais offensée. Il me semble bien cruel, vu la grande tendresse que je vous porte, d'être ainsi tenu à distance de la femme que j'estime le plus au monde. Si vous m'aimiez, comme je l'espère, cette distance vous serait également douloureuse... quoique pas tant pour la maîtresse que pour le serviteur.

» Considérez, ô ma maîtresse, combien cette absence m'afflige. J'espère que ce n'est pas votre volonté qu'il en soit ainsi.

» Et par faute de temps, je finis ici cette lettre imparfaite, vous priant de croire tout ce que vous dira le porteur de ma part. Écrite de la part de votre dévoué serviteur,

» H. REX (1).

(1) Burnett, qui doutait de l'authenticité des lettres de

Après quatre ans d'absence de la cour, Anne de Boleyn, forcée par le roi et son père, reprit ses fonctions à la cour comme dame d'honneur de la reine Catherine, qu'elle devait plus tard supplanter.

Pendant ce temps, elle fut l'objet des assiduités de Wyatt, le poète homme d'état, charmant cavalier, le plus spirituel de ce temps. Voici une anecdote qui mérite d'être citée.

Un jour qu'Anne travaillait à sa broderie, Wyatt, qui badinait à ses côtés, lui enleva des tablettes richement ornées, qui sortaient de sa poche, et, malgré les supplications d'Anne, il les mit dans son sein et les emporta.

Henri VIII, dit : *Dès que je les vis, je reconnus trop bien l'écriture pour n'en pas reconnaître l'authenticité*. Elles sont en vieux français dans l'original.

Henri apprit cela et en fut très jaloux.

Quelques jours après, Henri, jouant un jeu d'adresse avec Wyatt, chicana sur un coup.

— J'ai la distance pour moi, dit le roi.

— Votre Majesté se trompe, répliqua Wyatt.

— Qu'en pense monsieur le duc de Norfolk?

Le duc ne voulant pas donner tort au roi, se réfugia dans un doute prudent.

— Wyatt, dit Henri, c'est là que je gagne.

Et il montrait au pauvre poète son index,

qui portait une bague d'Anne de Boleyn, que le roi lui avait prise.

Le malin enfant d'Apollon, devinant la critique, dit :

— Mesurons, sire.

Et pour mesurer la distance en litige, il tira les tablettes d'Anne, dont il se servit comme d'une mesure.

Pendant qu'il mesurait, le roi s'écria :

— Bien, j'ai peut-être tort ! que tout soit dit.

Et il sortit d'un air sombre et furieux.

Quelque temps après, Anne donna au roi un cachet de diamant.

Il lui écrivit à ce sujet :

« Pour un si beau présent, je vous renvoie mes sincères remerciemens, non seulement à cause du magnifique diamant et du navire qu'il représente, et dans lequel la demoiselle solitaire se balance, mais aussi pour le sens que cette allégorie comporte relativement à votre soumission très humble et votre bonté pour moi. J'ai peur qu'il me soit difficile de trouver une occasion de les mériter, si je ne suis aidé par votre grande humanité — et par votre faveur, que je m'efforcerai de conserver de tout mon pouvoir, d'après la devise : *Aut illic aut nullibi.*

Écrit de la main de ce secrétaire dont le cœur, l'esprit et la volonté sont

Votre loyal et plus assuré serviteur,

H. REX.

H. AUTRE AB NE CHERCHE H.

Bientôt après, le divorce du roi fut rendu public, et Anne, récemment nommée marquise de Pembroke, fut appelée, pour son malheur, au trône d'Angleterre.

Quelque temps après son couronnement, un livre mystique, contenant des prophéties, fût laissé dans sa chambre. Parmi ses pages, plusieurs étaient marqués d'un K et d'un A.

— Viens, dit Anne de Boleyn à Saville, sa jeune suivante, viens ici. Je vois dans ce livre de prophéties que voici le roi, et là la reine en deuil.

— Oui, madame, dit la jeune Saville.

— Et moi, me voici avec ma tête coupée.

— Si c'était la vérité, répondit la suivante, je ne voudrais pas épouser, fût-ce un empereur.

— Folie ! dit Anne de Boleyn, je crois ce livre une sottise, et je l'épouserai pour avoir une race royale, quel que soit mon sort (1)...

Ce fut vers ce temps que son amant congédié, Wyatt le poète, lui adressa les vers suivans :

N'oubliez pas l'intention
De ma chaste admiration.
Ma joyeuse dévotion
N'oubliez pas.

Ah ! n'oubliez pas ces tortures
Et vos dédains, tristes injures ;
Épreuves à mon cœur si dures,
Noubliez pas.

Les fêtes de son mariage furent d'un luxe éblouissant, d'après les Mémoires des écrivains ses contemporains.

Anne donna le jour à Élisabeth, depuis

(1) Wyatt, *Mémorial d'Anne de Boleyn.*

reine d'Angleterre, le 7 septembre 1537.

Mais bientôt l'heure des douleurs sonna pour elle. Elle se vit supplantée dans l'affection de son royal époux par Jane Seymour, l'une de ses demoiselles d'honneur.

Un jour, qu'étant enceinte pour la seconde fois, elle entrait précipitamment dans le cabinet du roi, elle vit Jane Seymour appuyée sur l'épaule du roi.

— Que faites-vous, sire? dit-elle, c'est affreux!

— Soyez calme, mon cher cœur, répondit Henri, et tout ira pour le mieux.

Mais le coup était porté. Anne accoucha

d'un enfant mort. Henri était désolé, car c'était un garçon.

— Vous êtes cause, dit-il à Anne, de la perte de mon fils.

— Non, sire, répondit-elle, la faute en est à vous, que j'ai trouvé avec cette fille... cette Seymour.

C'était là le prologue de la tragédie.

L'inconséquence et la coquetterie d'Anne de Boleyn causèrent sa perte. Elle était coquette au suprême degré. Elle aimait tant à être flattée qu'elle écoutait les louanges de Smeaton, le musicien, qui osa lui avouer son amour... Cela fut redit au roi par les ennemis de la reine. Trois seigneurs, Brereton, Weston et

Norris, plus le musicien Smeaton furent désignés comme ses amans... On alla jusqu'à incriminer son affection pour lord Rochester, son frère.

Le 30 juin 1536, la reine trouva son musicien accoudé à une fenêtre, dans l'attitude de la plus profonde mélancolie.

— Pourquoi, Smeaton, lui dit-elle, êtes-vous si triste ?

— Pour rien, répondit-il.

Alors la reine eut la folie de lui dire :

— Pourquoi attendez-vous que je vous parle comme si vous étiez un noble ?

— Madame, répondit le musicien, un regard me suffit.

C'était le bruit des conversations secrètes qui effrayait déjà Smeaton. Le lendemain, il fut chargé de fers et envoyé à la Tour.

Le 1er mai suivant, les trois gentilshommes furent également arrêtés.

Ce fut à la suite d'un tournois, auquel Anne assistait comme reine pour la dernière fois. Elle avait eu l'imprudence de laisser tomber aux pieds de l'un d'eux, Norris, son mouchoir. L'audacieux s'en était servi pour s'essuyer le visage !...

Ce même jour, pendant qu'elle dînait au milieu de ses femmes silencieuses, sir William

Kingston, gardien de la Tour, entra, suivi du conseil.

— Que voulez-vous ? dit-elle, terrifiée.

— Votre Majesté veut-elle, de son bon plaisir, me suivre à la Tour ? répondit sir William.

— Si c'est l'ordre du roi, dit-elle, je suis prête à obéir.

Et elle les suivit, sans même changer de toilette.

Quand Anne passa le guichet de la Tour, elle se jeta à genoux.

— Seigneur Dieu, dit-elle, aidez-moi, car je suis innocente de ce dont on m'accuse.

Puis, voyant le lieutenant de la Tour.

— Oh ! monsieur, demanda-t-elle, me conduit-on dans un cachot ?

— Non, madame, mais dans l'appartement que vous occupiez lors de votre couronnement.

— Savez-vous pourquoi je suis ici ? dit-elle encore.

— Non, madame.

— Qu'est devenu mon doux frère, lord Rochester ?

Pas de réponse.

— Oh ! monsieur Kingston, mourrai-je sans justice ?

— Le plus pauvre sujet du roi y a droit.

A cette réponse de l'officieux fonctionnaire, Anne laissa échapper un rire nerveux et sardonique.

Pendant sa captivité, elle fut importunée et torturée par deux de ses femmes, lady Boleyn et mistress Cousyns. Elles couchaient au pied de son lit, et, espions infatigables, elles observaient les révélations de son sommeil.

Un jour, parlant des pauvres seigneurs détenus comme ses complices, Anne demanda :

— Quelqu'un fait-il leurs lits ?

— Oh ! non, répondit la femme du lieutenant de la Tour.

— Pauvre gens ! murmura-t-elle.

Une autre fois elle dit :

— On fera des complaintes sur moi et sur ma fin...

— Peut-être.

— Oh ! personne ne les fera mieux que maître Wyatt, le poète.

Voici la lettre qu'Anne de Boleyn écrivit à son époux, le roi Henri VIII, de sa prison de la Tour :

« Le déplaisir de Votre Grâce et mon emprisonnement sont des choses si étranges pour moi, que je ne sais qu'écrire et ce que je dois chercher à excuser. Quand, pour confesser la vérité, vous m'avez envoyé mon plus grand ennemi, j'ai compris votre pensée. — Si la vérité peut seule me sauver, je suis prête à vous obéir en la déclarant. Mais ne pensez pas que votre pauvre femme soit jamais amenée à avouer une faute dont elle n'eut jamais même l'idée. — Pour dire la vérité, jamais prince n'eut une épouse plus loyale sur tous ses devoirs, et plus affectionnée que vous n'avez trouvé Anne de Boleyn. Je me serais contentée de mon sort, s'il avait plu à Dieu et à Votre Majesté qu'il en fût ainsi.

» Vous m'avez prise dans un état inférieur, pour faire de moi votre reine et votre compagne, condition bien au delà de mes désirs.

Or, si vous m'avez crue digne de cet honneur, que les intrigues de mes ennemis ne me retirent pas votre royale faveur ; que cette tâche indigne ne souille point à jamais moi et ma fille, la princesse Élisabeth.

» Jugez-moi, bon roi, mais donnez-moi un jugement légal ; que mes ennemis ne soient pas mes juges. Que mon jugement soit public, car ma sincérité n'a point à redouter de scandales publics ; alors vos soupçons seront dissipés, mon innocence reconnue, votre conscience satisfaite, ou jaurai l'ignominie pour partage.

Toutefois, si vous avez déjà décidé de mon sort, et si ma mort seule et un scandale infâme peuvent vous donner le bonheur, je prie

Dieu qu'il vous pardonne ce grand péché, ainsi qu'à mes ennemis qui l'auront occasionné, — et qu'il ne vous fasse pas rendre un compte trop sévère à l'heure du dernier jugement où nous apparaîtrons vous et moi ; et alors, en dépit des jugemens terrestres, mon innocence sera reconnue.

» Mon unique et dernière prière est que je porte seule le poids de déplaisir de Votre Grâce ; et qu'il ne soit point touché aux âmes de ces pauvres seigneurs emprisonnés à cause de moi.

» Si jamais j'ai trouvé faveur auprès de vous, — si jamais le nom d'Anne de Boleyn a résonné doucement à votre oreille, accordez-moi cette grâce, et je promets de ne plus vous importuner davantage, et je prierai la Sainte-Trinité qu'elle vous ait en sa sainte et digne garde et qu'elle dirige toutes vos actions.

» De ma misérable prison de la Tour, le 6 mai.

» ANNE BOLEYN (1). »

De ses complices présumés, un seul avoua son crime, se faisant peut-être criminel pour sauver sa vie. Ce fut Smeaton, le musicien ; les trois autres nièrent.

— Sire, dit-on à Henri VIII, on a offert à Norris la vie sauve s'il avouait. Il a proclamé l'innocence de la reine.

(1) Cette lettre a été retrouvée dans les papiers de Cromwell, secrétaire d'État du roi Henri VIII, à cette époque.

Le roi alors s'écria :

—Qu'on le pende ! monsieur, qu'on le pende !

Le musicien signa un aveu infâme; mais il n'en profita pas. On le mit à mort.

« Il a été pendu, dit un écrivain du temps, afin qu'il ne puisse plus dire un mensonge. »

Anne fut condamnée à mort par les juges devant lesquels elle se défendit en vain.

Le 16 mai, Henri signait son arrêt.

Anne écrivit, la veille de sa mort, les pensées suivantes en vers anglais :

O mort, viens m'assoupir ;
Amène mon paisible sommeil ;
Laisse passer mon âme innocente

De ma loyale poitrine.
Sonne le glas funèbre,
Qu'il annonce mon trépas;
Car il faut que je meure.
Rien n'y peut plus.
Il me faut mourir (1).

Le jour même, elle fit appeler lady Kingston, et lui dit :

— Milady, asseyez-vous sur le siége d'État.

— Madame la reine, répondit lady Kingston, il est de mon devoir d'être debout devant Votre Majesté.

— Ah! milady, s'écria Anne, ce titre est éteint... Je suis condamnée et n'ai plus de titres... Mettez-vous donc sur ce trône.

(1) Ce chant était populaire du temps d'Élisabeth.

— Allons, dit lady Kingston, j'ai fait assez de bouffonneries dans ma vie pour pouvoir me permettre celle-ci.

Dès qu'elle fut assise, Anne se jeta à genoux en pleurant.

— Sur votre vie, jurez-moi, dit-elle, que vous irez trouver lady Mary, fille de la reine défunte, enfant que j'ai persécutée... et que dans cette posture vous lui demanderez mon pardon (1).

L'exécution de la reine Anne de Boleyn fut ordonnée pour le 19 mai.

— Je veux, avait dit le roi, qu'elle soit décapitée par le glaive.

(1) Lettres de Kingston, constable de la Tour de Londres.

— Qui l'exécutera ? lui demanda-t-on.

— Faites venir de Calais le bourreau, répondit-il, c'est un homme très adroit.

Le jour de sa mort, elle se leva à deux heures du matin et pria avec son confesseur. Elle avait eu la Sainte-Eucharistie sans cesse auprès d'elle. — Elle jura qu'elle était innocente sur le saint ciboire. Puis elle prononça ces paroles mémorables :

— Dites au roi, votre maître, qu'il m'a donné bien de l'avancement. Il a fait de moi, femme retirée, une marquise, puis de marquise une reine, maintenant il donne à mon innocence la couronne de martyre.

Quelques minutes après elle dit au lieutenant de la Tour :

— Monsieur Kingston, j'apprends que je ne mourrai qu'à midi ; j'en suis marrie, car je désirerais avoir fini de souffrir à l'heure qu'il est.

— Madame, lui fut-il répondu, prenez courage, la douleur est si petite.

— Oui, répliqua-t-elle, le bourreau est très adroit, et j'ai un si petit cou...

Quand elle alla à l'échafaud, elle était très colorée et belle comme à ses plus beaux jours. Amenée sur la plate-forme, elle dit d'une voix forte :

— Chrétiens ! je viens ici mourir et non récriminer. Je n'accuserai personne. — Je me livre à la volonté du roi mon maître. Que Dieu garde le roi et qu'il lui donne un long règne, car plus gentil monarque n'y eut jamais. Il a été sans cesse pour moi un seigneur bon et aimable. Priez pour moi.

Alors elle ôta elle-même sa coiffe et sa fraise. Elle couvrit ses cheveux d'un petit bonnet, car ses femmes était presque évanouies. En le mettant, elle dit :

—Hélas ! pauvre tête ! bientôt tu vas rouler dans la poussière. Et comme vivante tu ne méritais pas une couronne, morte tu ne mérites pas un meilleur sort...

Après avoir remercié et embrassé ses femmes, elle donna à la plus fidèle, Margaret Lee, le livre d'heures qui lui avait servi à la Tour. Il était émaillé en noir et garni de fermoirs d'or (1).

Anne n'ayant pas voulu qu'on lui bandât les yeux, le bourreau ôta ses souliers pour s'approcher d'elle sans bruit, et il la décapita d'un seul coup...

Son cadavre mutilé fut recueilli par la fidèle Margaret Lee, et enfermé dans une vieille malle, qui fut enterrée dans la chapelle de la Tour. On en montre la place au voyageur; mais une croyance populaire vient démentir

(1) C'était, dit Finger le savant, un petit volume contenant 104 pages de vélin. Il était attaché à un anneau d'or par lequel on pouvait le pendre à la ceinture. En 1721, il appartenait à M. George Wyatt, descendant du poëte.

l'assertion du cicérone. — On prétend que, tandis que le roi Henri VIII allait au devant de la reine future, Jane Seymour, escorté de toute sa cour, le cadavre de la pauvre Anne de Boleyn, caché dans la vieille malle qui lui servait de bière et que l'on venait de déterrer, fut transporté à Norfolk et enterré dans le cimetière de l'église de Salle, à l'heure de minuit. En effet, dans ce cimetière, qui fut de tout temps le lieu de sépulture des Boleyn, si vous demandez le tombeau de la reine Anne, on vous montrera un marbre noir... aux sculptures antiques... et sur lequel aucune inscription n'a été tracée.

LA ROSE MORTE.

A MADAME VIRGINIE ANCELOT.

Vous qui sentez si bien les délicatesses du cœur, et qui possédez à un si haut degré le talent d'émouvoir, me permettrez-vous de vous dédier l'histoire que voici, page déchirée d'un album de grande dame, et sur laquelle, au milieu des caractères tracés par l'amour, se retrouvent les larmes versées par la douleur...

Il y a quelques années à peine, tout Vienne parlait encore de la piété et de la charité de la comtesse Sténia de Van Veld. Le bruit des conversations particulières se répandait au loin, et c'était un concert d'éloges auquel aucun blâme ne s'était mêlé.

J'eus occasion de voir la comtesse, et sa vue me causa une impression profonde... C'était, à cette époque, une femme de cinquante ans, belle toujours, malgré sa pâleur. Ses grands yeux noirs avaient conservé tout leur feu... sa taille était imposante, sa voix douce et sympathique... Mais jamais elle ne riait... Bonne, tolérante, remplie d'obligeance et d'égards pour tous, il semblait qu'elle ne demandait à la terre que sa part dans les peines, laissant à d'autres, plus heureuses ou plus insouciantes, sa part dans les plaisirs.

J'étais à côté de mon père quand elle entra. Elle était vêtue d'une robe de soie noire et portait une parure de jais qui faisait ressortir davantage l'éblouissante pâleur de son teint. Le seul ornement frivole dont elle se fût parée était une rose qui montrait à peine ses feuilles parfumées à travers les sombres dentelles de son corsage.

— Quelle singulière et imposante physionomie, dis-je à mon père, au milieu de ces danseuses couronnées de fleurs ; elle ressemble à une statue de sainte sur un autel de Rome.

Mon père jeta un coup d'œil sur la comtesse Sténia...

— Il y a une grande douleur cachée dans cette âme, dit-il.

Puis après avoir prononcé ces graves paroles, il s'entretint d'affaires politiques avec l'ambassadeur de France.

Pour moi, je ne perdis pas de vue la comtesse, et dès que j'eus rempli les engagemens inscrits sur mes tablettes de bal, j'allai m'asseoir auprès d'elle.

— Madame, lui dis-je pour entrer en conversation, votre rose va tomber.

La comtesse jeta un coup d'œil sur son corsage; mais le mouvement qu'elle fit détacha la fleur de sa prison de soie, et elle roula sur le tapis...

Je la ramassai.

— C'est une belle fleur, lui dis-je, la plus belle de toutes...

— Les fleurs les plus belles, répondit-elle avec mélancolie, sont celles qui nous rappellent un souvenir...

— En ce cas, ajoutai-je, tenant toujours la fleur, celle-ci sera précieuse à qui la possédera... puisqu'elle vient de vous, dont chacun vénère la bonté et l'esprit.

— Eh ! mon Dieu ! mon enfant, qui peut vouloir se souvenir de moi ?

— Tous ceux qui ont eu l'honneur de vous voir, tous ceux qui ont pu apprécier le charme de votre conversation. En France, on connaît vos ouvrages, madame; on lit avec délices, dans les longues veillées d'hiver, ces sentimentales histoires que votre cœur semble avoir dictées... En France, cette rose serait une relique.

— On a trop d'indulgence pour de faibles essais, me dit-elle, ils ne méritent pas cet honneur. Mais puisque cette fleur vous plaît, gardez-la, aimable enfant; elle ira mieux ce soir à votre ceinture blanche que dans les plis noirs de ma robe... Je voudrais qu'elle eût plus de durée, qu'elle ne se fanât pas, pour que ce souvenir dont vous parlez si obligeamment fût plus durable...

— Oh! madame la comtesse, les roses se gardent...

— Vraiment ! répondit-elle.

Et il me sembla alors qu'elle rougissait un peu... et que ses joues pâles étaient plus animées.

— Oui, oui... c'est une invention de petite fille de pensionnat ; mais c'est charmant. Quand la fleur du souvenir s'étiole, on prend ses feuilles et on les met dans un livre favori.... Les feuilles de cette rose, madame, je les placerai dans le volume que j'ouvre le plus souvent... dans mon livre d'heures.

En achevant ces mots, je regardai tendrement la comtesse ; elle était rouge comme la fleur que je tenais à la main, et deux larmes brillantes semblaient se glisser indiscrètement à travers les cils d'ébène de ses yeux charmans...

Elle se leva, me pressa la main, porta son mouchoir brodé à son front... puis alla cacher son émotion dans le tumulte de la salle de bal.

— Quelle singulière femme! me dis-je en la voyant s'éloigner. . . . .

. . . .

Six semaines après, par une nuit noire et pluvieuse, on sonna chez mon père.

— Que voulez-vous, dit-il, à cette heure ?

— Vos soins pour quelqu'un à l'article de la mort...

— Pourquoi, observa mon père, vient-on

s'adresser à moi, qui suis étranger, de préférence aux praticiens de ce pays ?

— C'est parce que vous êtes étranger qu'on vous demande, répondit la voix.

Mon père s'habilla en manifestant sa mauvaise humeur.

— Ne te fâche pas, petit père, lui dis-je, c'est peut-être quelque pauvre créature dont tu calmeras la douleur... couvre-toi bien... croise bien ton manteau... et fais-toi accompagner au retour, car le temps est sombre.

— C'est vrai, ajouta mon père, une vraie nuit de voleurs et d'amoureux italiens...

Il mit un pistolet dans la poche de son gilet, déposa un baiser sur mon front. puis, s'enfonçant dans l'obscurité, il suivit les pas de son guide.

On le mena dans un hôtel splendide... Les valets étaient en pleurs dans l'antichambre, la mort planait sur cette riche demeure, le silence du désespoir régnait de toutes parts...

Mon père entra chez la personne malade... C'était la comtesse Sténia.

— Docteur, dit-elle, je vous ai fait venir ce soir, car demain il ne serait plus temps... Demain je serai morte.

Mon père prit son bras... Le pouls était dans le plus grand affaiblissement...

— Que puis-je faire pour vous ? lui dit-il.

— Prenez, docteur, ce livre de prières qui est à mon chevet... Bien... Ouvrez le fermoir d'or... regardez l'image de la Vierge...

Le livre fut ouvert à l'endroit indiqué. Il s'y trouvait une rose morte ! ! !...

La comtesse la prit... l'embrassa à plusieurs reprises... puis la donnant à mon père :

— Quand je ne serai plus, vous irez chez le médecin B***, que vous connaissez.... vous la lui donnerez, car elle est à lui, lui seul après ma mort mérite de la posséder...

— Je ferai, répondit mon père, ce que vous me demandez.

— Je vous connais à peine, mais j'estime depuis long-temps votre généreux caractère... Étranger à ce pays, la mission dont je vous charge n'a rien de compromettant pour vous; Français, vous en comprendrez mieux la délicatesse.

— Je vous jure, lui fut-il répondu, qu'il sera fait ainsi que vous le désirez.

— Maintenant il me reste à demander pardon à Dieu d'avoir mêlé à mes dévotions un souvenir terrestre... d'avoir prié pour LUI plus souvent que pour moi...

Mon père sortit avec la rose morte.

Le lendemain, Sténia était comme cette fleur... son dernier souffle s'était exhalé à l'heure du lever de l'aurore. . . . . . .

. . . .

Trois jours après ses funérailles, mon père alla trouver son confrère.

— J'ai, lui dit-il une restitution à vous faire.

— Est-ce une rente sur l'État que me lègue un malade ? Vous savez que la loi déclare nuls les dons qui nous sont faits.

— Non, ce n'est point une valeur matérielle, c'est une rose desséchée... la voici...

M. B..., à la vue de cette fleur, serra la main de mon père, puis il baisa dévotement ce souvenir.

— Elle est donc morte ? dit-il sourdement.

— Oui, répondit mon père.

— Et vous ne savez pas d'où cette rose vient ?

— Non.

— C'est la rose du Spielberg... Il y a bien des années, je fus appelé dans cette forteresse, dans ce donjon. Là gémissaient deux nobles cœurs, l'un poète, l'autre soldat, tous deux pleins d'amour pour la patrie... Sylvio Pellico et Maroncelli...

— Je connais cette terrible histoire, dit mon père.

— Maroncelli, continua son confrère, fut

atteint d'un mal au genou, d'une tumeur produite par l'humidité de son cachot. Je fus appelé, et je fus obligé de déclarer que l'amputation de la jambe était indispensable.

Plein de courage, le malade consentit à cette affreuse extrémité.

J'allai dans son cachot ; il n'y avait rien là qui pût égayer l'âme et soutenir le cœur du prisonnier... ni mère, ni sœur, ni amis, pas une main pour serrer la sienne dans la douleur... pas un sein sur lequel il pût reposer son front brûlant... et laisser couler ses larmes...

Il n'y avait là qu'une rose ! une jolie rose

que lui avait donnée la fille du geolier, et qu'il avait mise dans un verre d'eau...

La lame coupa la chair, trancha les artères, sépara les articulations... Le prisonnier ne poussa pas un cri... ne proféra pas une plainte... il souriait... il regardait cette rose, la seule fleur qu'il eût possédée depuis longtemps!...

Quand l'opération fut faite, Maroncelli me prit la main et me dit :

— Docteur, vous venez de me délivrer d'un dangereux ennemi... et je n'ai rien à vous donner... rien que cette rose!...

Et tirant la fleur du verre d'eau, il la mit dans ma main.

. . . .

. . . .

Ici, ému par ce récit, le docteur B... s'arrêta... les sanglots étouffaient sa voix...

Mon père ouvrit sa tabatière et prit une prise énorme, ce qu'il faisait chaque fois qu'il voulait paraître ne pas s'attendrir.

— Le lendemain, ajouta le docteur B..., une femme vint chez moi et me supplia de lui donner cette rose. Cœur dévoué au prisonnier, elle vivait de son souvenir... Était-ce une sœur, une amie ? je ne l'ai jamais sû, jamais demandé... Elle pleura devant moi... je me départis de ce précieux dépôt.

— Docteur me dit-elle alors, je suis bien

malade ; si je meurs avant vous, cette rose vous sera remise, car vous êtes digne de la posséder...

Et voilà la rose revenue ! dit-il en essuyant ses yeux. . . . .

Le soir même je refusai plusieurs invitations de bal, car mon âme tout entière s'était émue au récit de cette sentimentale histoire... Je m'enfermai avec mon père ; je lui relus, en pleurant, le chapitre sublime de ce don de la rose que Sylvio Pellico nous raconte si bien dans son poème sublime appelé *Mes Prisons*... et j'en marquai la place avec la fleur que la comtesse Sténia m'avait donnée.

FIN DU SECOND VOLUME.

TABLE.

www.ingramcontent.com/pod-product-compliance
Lightning Source LLC
Chambersburg PA
CBHW050142030726
47505CB00005B/1202
* 9 7 8 2 0 1 3 7 4 7 1 7 2 *